Das Heilwasser

Für Malama Umma

DAS HEILWASSER

ALHAJI ABUBAKAR IMAMS ERSTES WERK

Erstmals 1934 erschienen

Aus dem Hausa von Sonja Rösch

Mit Illustrationen von Nuruddeeb Kano

und Shamsuddeeb Ibrahim Fatimiyyah

Bibliografische Information der Deutschen Nationalbibliothek:
Die Deutsche Nationalbibliothek verzeichnet diese Publikation in der
Deutschen Nationalbibliografie; detaillierte bibliografische Daten sind im
Internet über dnb.dnb.de abrufbar.

Satz, Herstellung und Verlag: BoD – Books on Demand, Norderstedt
ISBN : 978-3-7543-4147-6

Inhalt

Zu Beginn der Zeit von Shaihu bin Ziyazzinu lebte ein leicht verrückter Mann, der »Koje, König der Geschichtenerzähler« hieß. Die Menschen nannten ihn so, weil seine Verrücktheit nicht von der Art war, dass er andere beleidigte oder schlug. Alles, was er wollte, war, sich Geschichten anzuhören und in Länder zu reisen, wo er sie den Reichen und Adligen erzählen konnte. Diese überreichten ihm wiederum Essen dafür. Wenn er einem eine Geschichte erzählte, die man noch nicht kannte, und man ihm dann Geld gab, nahm er die Hälfte und gab sie einem zurück. Dann hielt er einen dazu an, ihm auch eine Geschichte zu erzählen, die er selbst noch nicht kannte.

Auf seinen Reisen von Land zu Land erreichte er eines Tages Kwantagora, eine große Stadt im Land Sudan[1]. Er ging zum Emir der Stadt und wurde in eine Unterkunft gebracht. Nachdem er seine Sachen verstaut hatte, ging er zum Tor des Palasts und begann wie gewohnt, nach Geschichten zu suchen und welche zu erzählen.

Etwa drei Tage erzählte er dem Emir Geschichten. Die Höflinge bezahlten ihn wiederum mit ein paar Geschichten, die sich von denen unterschieden, die er dem Emir erzählt hatte. Der Emir wurde »Emir des Sudan« genannt.

Als Koje so durch die Stadt lief, erreichte er ein riesiges Haus mit vielen Stockwerken. Er fragte die Diener, die dort saßen: »Wem gehört dieses Haus?«

Sie sagten: »Wer auf dieser Erde kennt denn nicht Alhaji Imam?«

Koje, König der Geschichtenerzähler, fragte sie: »Kommt er gleich heraus?«

Sie antworteten: »Er wird ganz sicher bis zum Mittagsgebet nicht erscheinen.«

7

Koje fegte sich einen Platz sauber und ließ sich bis zum Mittagsgebet nieder.

Zur Mittagszeit hörten sie Schritte und alle im Zaure² erhoben sich. Der Hausherr trat ein. Sie fielen vor ihm nieder und begrüßten ihn.

Er setzte sich, betrachtete Koje und fragte:»Und wer ist das?« Koje sagte:»Ich bin der König der Geschichtenerzähler. Seit zehn Tagen bin ich schon in der Stadt. Ich verdiene mit dem Geschichtenerzählen meinen Lebensunterhalt. Kannst du mir auch etwas bieten?«

Der Hausherr sprach:»Gut, erzähl, lass uns hören. Heute hast du deinen Meister gefunden.«

Koje sagte lächelnd:»Das wollen wir doch mal sehen.«

Dann legte Koje, König der Geschichtenerzähler, los. Er erzählte Geschichten ohne Punkt und Komma. Nachdem er etwa dreißig Stück zum Besten gegeben hatte, sagte er zum Hausherrn:»Bezahle erst mal für diese. Danach werde ich die Energie haben, weiterzumachen.«

Der Hausherr erwiderte:»Nein, erzähle mehr!«

Und Koje erzählte weiter, bis er müde wurde. Erst zum Abendgebet hörte er auf.

Da sagte der Hausherr:»Deine gesamten Geschichten füllen nicht einmal einen Tag? Und dich nennt man den König der Geschichtenerzähler?« Er fuhr fort:»Nun gut, komm morgen mit allen deinen Freunden. Ich erzähle euch die Geschichte von alledem, was ich auf dieser Welt vollbracht habe, bis ich zu dem Reichtum kam, den du hier siehst. Wenn ich mir Mühe gebe, fasse ich die Geschichte zusammen und werde vielleicht in zehn Tagen fertig sein.«

Koje, König der Geschichtenerzähler, verbeugte sich und nahm Abschied.

Am Morgen kehrte er zurück, setzte sich und wartete auf den Hausherrn. Der kam bei Sonnenaufgang an. Die Leute, die im Zaure saßen, wünschten ihm einen guten Morgen.

Er stieg auf seinen Sitz, blickte Koje an und fragte: »Wie viele Ohren hast du?«

Koje antwortete: »Zwei.«

Er sagte: »In Ordnung, leg dir ein drittes zu und lausche der Geschichte!«

Koje entgegnete: »Wenn du meinst.«

Erstes Kapitel

Alhaji geht auf die Suche nach dem Heilwasser

»Mein Name ist Alhaji Imam«, begann der Hausherr. »Mein Vater war ein wichtiger Gelehrter des Emirs des Sudan. Sein Name war Malam[3] Na-Bakin-Kogi. Bis er ins mittlere Alter kam, ereignete sich in seinem Hause nicht einmal eine Fehlgeburt. Dies plagte ihn wirklich sehr. In seinem Haus gab es zahlreiche Bücher, aber niemanden, um sie zu erben.

Obgleich der Malam keine eigenen Kinder hatte, hatte er doch einen teuflischen Stiefsohn, der Saƙimu hieß. Bei allem, was der Malam für ihn tat, dankte ihm weder die Mutter, noch brachte ihm der Junge Dank entgegen.

So lebten sie miteinander. Der Junge wurde älter und bald sehr mutig. Nach fünfzehn Jahren war er zu einem starken, tapferen Mann herangewachsen. Als er merkte, dass er groß und stark geworden war, zog er in die umliegenden Dörfer, blockierte dort die Straßen und beschlagnahmte die Habseligkeiten der Leute. Der Malam, sein Stiefvater, tat alles, damit er damit aufhörte. Doch vergebens. Deswegen ließ er ihn festnehmen.

Nach drei Tagen am Fußblock[4] befahl der Stiefvater, ihn freizulassen. Als man ihn entlassen hatte, kehrte er wütend nach Hause zurück. Jedoch sprach er mit niemandem ein Wort. In der Nacht nahm er sein Schlachtschwert und ging in das Zimmer des Malams. Dort drehte er ihm den Hals um. Seinen Körper hüllte er in ein Leichentuch.

In der Morgendämmerung trat er vor den Emir und teilte ihm

mit, dass sein Vater in der Nacht an Bauchschmerzen gestorben sei. Die Leute versammelten sich, die Beerdigung fand statt und dann gingen sie wieder ihrer Wege. Die Ehefrauen trauerten auf traditionelle Weise.

Ein paar Tage nach dem Tod des Malams hatte Saƙimu einen Traum. Er sah den Malam dastehen und dann etwas Kleines, wie einen Dattelkern, aus seinem Penis kommen. Darauf sah er, wie dieses Ding immer größer wurde, bis es sich in einen Löwen verwandelte. Der fiel ihn an und tötete ihn.

Dieser Traum verstörte Saƙimu sehr. Am Morgen rief er einige Weise zu sich, die ihm den Traum deuten sollten. Alle Malams konzentrierten sich und begannen, in den Sand zu zeichnen und ihre Bilder dann wieder zu verwischen. Sie zeichneten und wischten.

Danach sagte der älteste Weise unter ihnen: »In diesem Hause wird ein Sohn geboren werden, von einer der Frauen des Alten, der verstorben ist. Dieser Sohn wird dich umbringen.«

Saƙimu rief: »Auch wenn ich keine hellseherischen Fähigkeiten habe, ist dies eine Lüge! Mein Stiefvater hat sein ganzes Leben lang kein Kind bekommen. Geht mir aus den Augen, ihr nutzlosen Wahrsager!«

Alle Malams klopften sich beschämt die Hände ab und standen unvermittelt auf.

Mitten in der Nacht erwachte Saƙimu voller Angst und Sorge. Er überlegte hin und her: »Gefürchteter Gott, gefürchteter Herr! Die beste Idee ist, dass ich die vier verwitweten Frauen hier auslösche, damit die Prophezeiungen dieser langbärtigen Wahrsager nicht wahr werden.«

So besorgte er sich Gift, das er ihnen – einer nach der anderen – verabreichte, und sie starben. Es hieß, der Verlust ihres Malams hätte sie getötet.

Eine der Frauen hielt sich jedoch nicht in der Stadt auf. Diese war meine Mutter. Nach dem Tod meines Vaters hatten ihre Eltern sie zurück in ihr Dorf geholt.

Sakimu verschonte auch sie nicht und sandte einen seiner bösen Diener in ihr Dorf. Er befahl ihm, alles daran zu setzen, sie zu entführen, in den Wald zu bringen und zu töten.

In der Nacht stieg der Diener auf sein Pferd und ritt los. Er schlich zu ihr, knebelte sie und brachte sie bis hinter den Stadtrand. Dort hatte er sein Pferd versteckt. Er setzte sie auf den Sattel und ritt mit ihr in den Wald. Bis zum Morgengrauen galoppierte er weiter, tief in den Wald hinein. Schließlich hielt er an. Er nahm sein Schwert, um sie zu töten. Da trat er versehentlich auf den Schwanz einer Kobra und wurde gebissen. Er fiel auf der Stelle tot um. Das Pferd machte sich auf in den Wald!

Meine Mutter wusste nicht, wo Osten und wo Westen war. Sie war zu verschreckt, um nach dem Weg nach Hause zu fragen. Nach tagelanger Wanderschaft kam sie hier in Kwantagora an. Und siehe da, sie war im zweiten Monat schwanger mit mir.

Ihr Bauch wuchs und nach einer Weile wurde ich geboren. Sie gebar mich hier im Hause des Imam der Stadt. So gab man mir den Namen Alhaji Imam. Alhaji wurde ich genannt, da ich am Tag des Hadsch, der Pilgerreise nach Mekka, auf die Welt kam. Imam sollte ich heißen, weil der Imam keinen Sohn und keine Enkelkinder hatte. Deshalb sagte er, er habe nun einen Sohn bekommen. Er nannte mich Imam, auf dass ich eines Tages der zweite Imam nach ihm würde.

Der Name meiner Mutter war Yaƙutatu. Vierzig Tage nach meiner Geburt heirateten sie und der Imam.

Als ich zwölf Jahre alt wurde, beharrte der Imam immerzu darauf, dass ich lernen sollte. Doch vergeblich. Jetzt bin ich groß und kann kaum das ABC. Trotz alledem behandelte er mich ganz als seinen Sohn. Ich war nie bösen Blicken, geschweige denn Schlägen ausgesetzt.

Eines Tages nach dem Freitagsgebet sah ich meinen Vater, den Imam, mit tränenüberströmtem Gesicht nach Hause kommen. Weinend ging ich zu ihm und fragte:»Vater, ist alles in Ordnung?«

Er öffnete den Mund und sagte:»Nichts ist in Ordnung. Heute hat der Emir mich auf der Versammlung gedemütigt.«

Ich fragte ihn nach dem Grund hierfür und er antwortete: »Weil er heute in unserer Sitzung erzählte, dass sein Sohn Yarima sehr krank sei und er nichts für ihn ausrichten könne. Ich sagte dann, dass ich gehört habe, dass es ein Heilwasser in einer gewissen Stadt zu holen gäbe. In jener Stadt leben alle Menschen sicher vor den Krankheiten unserer Zeit.

Nur weil ich diese kleine Sache sagte, verlor der Emir seine Fassung. Er meinte, ich könne ihn nicht so verspotten. Und er fragte mich: Wenn es nicht meine Schamlosigkeit sei, aus der ich spräche, wo hätte ich denn jemals jemanden auf dieser Welt gesehen, der das Heilwasser gefunden habe?«

Als ich meinen Vater dies erzählen hörte, wurde ich wütend und es erfüllte mich mit Unruhe.

Ich ging ins Haus zurück, nahm meinen Stock, trat zu meinen Eltern und bat sie um Vergebung, da ich in die Welt hinausziehen würde!

So brach ich auf und verließ die Stadt durch das östliche Tor – nur weil ich in dieser Richtung auf Glück hoffte, nicht weil ich wusste, wohin ich ging. Ich folgte dem Weg nach Timbuktu und lief sehr weit.

Nach siebzig Tagen der Reise sah ich einen Felsen aus der Mitte des Waldes herausragen. Da sagte ich mir: »Ich sollte dorthin gehen, vielleicht finde ich Wasser zu trinken.«

Ich näherte mich dem Felsen, und als ich an seinem Fuße ankam, sah ich eine große Höhle. Hier drinnen müsse es Wasser geben, dachte ich mir. Deshalb kroch ich hinein und lief tiefer in die Höhle.

Nach einigem Laufen hörte ich eine Stimme sagen: »Du! Mensch oder Dschinn?«

Als ich dies vernahm, erschrak ich und mein Herz fing wild an zu klopfen. Ich nahm all meinen Mut zusammen und sagte: »Mensch.«

Daraufhin sah ich einen sehr alten Mann mit einer Gebetskette in der Hand auf mich zukommen. Er fragte mich nach meiner Geschichte und ich erzählte ihm alles, vom Anfang bis zum Ende.

Sobald er von meinem Vorhaben hörte, das Heilwasser zu finden, stieß er einen heftigen Schrei aus:»Dies ist unmöglich, junger Mann!«

Seine Erwiderung schwächte mich. Sobald ich merkte, dass er sich beruhigt hatte, sagte ich:»Vater, bist du ein Mensch oder ein Dschinn?« Ich stellte ihm diese Frage, da ihm sein Haar bis auf die Brust reichte. Er antwortete mir:»Ich bin ein Mensch wie du. Seit siebzig Jahren bin ich hier und bete. In all dieser Zeit habe ich bis heute nie eine Seele gesehen, nur dich.«

Der Alte schilderte mir seine Geschichte sowie die Geschichte seiner Stadt und seiner Familie. Ich erfuhr, dass er mein Onkel war! Er war der ältere Bruder des Imam. Früher hatte der Imam mir einiges von ihm erzählt – darüber, dass er in die Welt hinausgegangen war und niemand wusste, wo er war.

Als er fertig war, erklärte ich ihm, wer ich war, und dann umarmten wir uns und weinten vor Glück. Er fragte mich nach Geschichten von zu Hause und ich setzte mich hin und berichtete ihm alles.

Ich ruhte mich zwei Tage bei ihm aus und aß Früchte, von denen auch er sich ernährte. Als wir uns aneinander gewöhnt hatten, sagte ich ihm, er solle mir im Sand die Zukunft lesen und mir meine Geschichte sowie die Geschichte meines Vorhabens wahrsagen.

Er las im Sand und sprach:»Es gibt das Heilwasser auf dieser Erde, aber es befindet sich in den Händen der Dschinns. Es gibt keines in diesem Lande, in dem wir leben.«

Auf seine Erklärung sagte ich:»Gut. Da es das Heilwasser auf Erden gibt, soll ich auf der Suche danach enden. Auch wenn der Imam nicht mein leiblicher Vater ist, werde ich dafür sorgen, dass seine Ehre wiederhergestellt wird.«

Dann reiste ich siebzig Tage lang weiter und erreichte Timbuktu. Ich verkleidete mich wie ein Handelsmann und ging zum Emir der Stadt. Ihm sagte ich, dass ich ein Händler sei und dass meine Waren mir nachkämen. Sie würden in drei Tagen eintreffen. Dies behauptete ich, da ich auf dem Weg einige Kühe hinter mir gelassen hatte, die einem anderen Händler gehörten. Ich war ein Reisender ohne Geld und ein Habenichts ist normalerweise schneller unterwegs.

Jeden Abend kam ich an einen Penny und kaufte davon Suppe, die ich dann über die gesamte Haustür meiner Bleibe und im ganzen Raum verschüttete. Ich tat dies, da ich mich mit einem reichen Händler angefreundet hatte. Wann immer er mich abends besuchen kam und Platz nehmen wollte, sagte ich zu ihm: »O nein! Die Kinder haben schon wieder mit der Suppe hier herumgekleckert!« Wenn er in die eine Ecke schaute, um sich zu setzen, erklärte ich, dort sei Suppe verschüttet worden. Wandte er sich in die anderen Richtungen, sagte ich, dass auch dort überall Suppe verteilt sei. So meinte er, dass ich wahrhaftig wohlhabend sei, da ich scheinbar alle Armen der Stadt versorgte, seit ich angekommen war. Dabei hatte ich in Wahrheit selbst fast nichts zu essen.

Glücklicherweise glaubte man mir. So konnte ich eine Menge Kredit bei ihm aufnehmen, während ich ihm immerzu falsche Versprechungen machte: »Wenn meine Kühe kommen, werde ich sie keinem verkaufen, außer dir. Du kannst dir alle aussuchen, die du willst, und sie nach Belieben weiterverkaufen, denn es sind meine.«

Nach etwa drei Tagen waren sie immer noch nicht eingetroffen. Da sah er einige wandernde Händler und schlug vor: »Lass uns diese Händler nach deinen Kühen fragen.«

Ich sagte: »Ja, tun wir das!«

Ich ging zu ihnen und fragte: »Habt ihr auf dem Weg einige Kühe gesehen?«

Sie antworteten: »Ja, sie kommen morgen an.« Das heißt, sie hatten die Kühe gesehen, die ich zurückgelassen hatte!

Ich wusste, dass ich in große Schwierigkeiten geraten würde, wenn sie am nächsten Tag einträfen. Also suchte ich das Haus des reichen Händlers auf und sagte zu ihm:»Ich möchte fünfzig Pfund, bevor sie morgen ankommen und wir das Geschäft abschließen.« Er gab mir sofort das Geld.

Nach meinem plötzlichen Aufbruch lief ich, statt auf den Wegen zu bleiben, in den Wald hinein. Einundvierzig Reisetage später erreichte ich eine Stadt mit dem Namen Saburi – eine riesige Stadt, jedoch eine Stadt von Analphabeten. Es gab dort niemanden, der auch nur das ABC konnte, bis auf mich, der heute ankam. Aus dem Koran kannte ich lediglich einen Vers, den der Malam immer zum Abendgebet rezitiert hatte. Dieser hieß»Muduhammatani«.

Bei meiner Ankunft besorgte ich mir eine lange Gebetskette. Damit ging ich zum Emir der Stadt und behauptete, ich sei ein Gelehrter.

»Woher?«, fragte er.

»Aus den arabischen Ländern«, antwortete ich.

Als der Emir diese Worte hörte, freute er sich über mein Kommen und fragte:»Und, wohin des Weges?«

Ich sagte:»Ich bin hierhergekommen, weil mir dieses Land immer wieder in meinen Träumen erschienen ist. Hier soll ich der Imam der Menschen sein, damit ihr alle ins Paradies kommt, durch deine Güte, o Emir.«

Als er dies vernahm, rief er alle großen Persönlichkeiten der Stadt zusammen und berichtete es ihnen.

Genau sechs Monate lang betete ich mit ihnen, ohne zu wissen, was ich eigentlich sagte, außer den Vers»Muduhammatani« zu wiederholen. Alle Kinder der Stadt wurden zu mir gebracht, damit ich ihnen das Lesen beibrachte. Nach wenigen Tagen kannten alle den»Muduhammatani« auswendig. Wer ihn besonders gut konnte, sagte ihn in verschiedenen Stimmlagen auf. Entweder hob man die Stimme oder senkte sie oder trug ihn auf noch andere Weise vor.

Nach etwa sieben Monaten kam ein großer Gelehrter in die Stadt und der Emir erzählte ihm von meiner Bekanntheit im ganzen Land. Wie es unter wetteifernden Gelehrten üblich ist, kam er zu mir, damit wir uns begrüßen konnten. Ich hatte viel Geld und konnte in dieser Stadt tun und lassen, was ich wollte. Man verehrte mich geradezu.

Der Malam grüßte mich und ich fragte ihn:»Wie heißt du?« Er sprach:»Mein Name ist Malam Zurke bin Muhamman. Und wie heißt du?«

Ich sagte:»Malam Alhaji Imam. Der Lehrer aller Lehrer!«

Am nächsten Morgen kamen alle zum Gebetsplatz und der Gelehrte hörte, dass ich nichts konnte. Daraufhin begann er, im Hause des Emirs auf mir herumzuhacken. Er schlug vor, dass wir uns messen sollten, sodass man sehe, wer der Bessere sei.

Der Emir sagte:»Nein, Malam Alhaji Imam ist im ganzen Land unbesiegbar.«

Aber Zurke bin Muhamman bestand darauf, mir Fragen zu stellen, um mich bloßzustellen und mich lächerlich zu machen.

Noch am selben Tag rief der Emir mich zu sich und erzählte mir alles, was der Malam zu ihm gesagt hatte. Als ich es hörte, dachte ich mir:»Jetzt stecke ich in Schwierigkeiten.«

Der Emir meinte:»Du sagst ja gar nichts.«

Ich antwortete:»Ich denke darüber nach, wie ungebildete junge Studenten sich mit Gelehrten messen wollen. Wahrlich, ein geringes Wissen ist eine gefährliche Sache.« Ich sagte dem Emir, er solle bekannt geben, dass sich morgen früh alle versammeln sollten, um zuzuschauen.

Am nächsten Morgen fanden sich alle ein. Der Emir ließ mich rufen. Ich kam und setzte mich in die Mitte der Versammlung. Als ich so dasaß, kamen drei Kinder mit großen Büchern im Gepäck an.

Ich fragte sie:»Woher kommt ihr?«

Sie erwiderten:»Aus dem Hause von Malam Zurke bin Muhamman.«

Schon bald kam der Malam – tipp, tapp. Ihm wurde eine Fell-matte zum Sitzen hingelegt. Es waren unglaublich viele Menschen anwesend.

Nachdem wir uns begrüßt hatten, fragte ich:»Was sind dies für Bücher, die du mitgebracht hast?«

Er sagte, es seien das Alte Testament, die Psalme, das Neue Testament, der Koran, Samarkandi, Lawwali und Sani. Bei manchen konnte ich mich nicht einmal entsinnen, jemals den Namen gehört zu haben.

Ich antwortete daraufhin:»Oh! Du kannst nicht mal eins der genannten Bücher auswendig, und du willst dich mit mir messen?«

Er sah mich an und lächelte. Dann sagte ich zu den drei Kindern:»Schafft die Bücher beiseite. Wir werden unseren Kopf benutzen. Was nützt es, nur Bücher zu kennen?«

Sie brachten die Bücher zur Seite. Nachdem es ruhig geworden war, wischte ich im Sand, als wollte ich wahrsagen, und malte dieses Zeichen hier: ‿.

Ich sah Malam Zurke an und fragte:»Was ist dies?«

Er sagte:»Der arabische Buchstabe N.«

Ich entgegnete:»Was?! Versuche es noch einmal.«

Er meinte:»Das arabische R.«

Ich fragte:»Schreiben sie so ein arabisches R, da, wo du herkommst?«

Er sagte:»Es ist ein arabisches L.«

Ich erwiderte:»Welcher falsche Malam hat dir das beigebracht?«

Er hörte auf, sich durch alle Buchstaben des Koran zu raten, die wie dieses Zeichen aussahen.

Ich sagte, er lüge. Ich sagte:»Kommt näher und schaut.«

Dann sah ich die Leute an und erklärte:»Dies ist nicht R oder L oder N, es ist das Zeichen des Neumondes.«

Die Ungebildeten schauten sich meine Zeichnung an und riefen:»So ist es, Malam! Das ist es, Lehrer aller Lehrer! So sieht der Neumond aus.«

Ich blickte Malam Zurke an und sagte zu den Kindern: »Buht ihn aus.«

Sie liefen ihm hinterher: »Buh! Buh! Buh! Buh!« Da nahm er nicht einmal seine Bücher mit und lief aus der Stadt. Die Kinder warfen Steine und er kam gerade so davon. So ging ich mit diesem Malam auseinander.

Zweites Kapitel

Alhaji und Malam Zurke im Gefängnis

Nach einigen weiteren Tagen in Saburi ging ich in eine andere Stadt namens Yamel. Als ich auf die Stadt zukam, hörte ich Ganguna[5]- und Kalangai[6]-Trommeln. Es wurden Kakaki[7]-Trompeten geblasen und Farai[8]- und Algaitu[9]-Flöten gespielt. Die Menschen feierten ausgelassen. Ich spazierte umher, bis ich einen Jungen sah, der gerade zum Festplatz lief. Ihn rief ich und fragte:»He, Junge, was ist heute los in der Stadt?«

Der Junge sagte:»Der Sohn des Emirs hat gerade geheiratet.«

Ich fragte:»Woher kommt die Frau?«

Der Junge antwortete:»Es ist die Tochter des Emirs von Karyatun Ni'am.«

Geraden Weges ging ich auf den Platz, wo die Feier abgehalten wurde. Ich nahm an den Feierlichkeiten teil, als wäre es mein jüngerer Bruder, der heiratete. Sofort machte ich mich bekannt und die Lobsänger fragten mich nach meinem Namen. Ich sagte:»Alhaji Imam.«

Die Leute benutzten beim feierlichen Geldregen Schillinge, doch ich verteilte Pfunde. Deshalb wurde der Emir auf mich aufmerksam und hieß mich willkommen.

Ich befreundete mich mit seinem Sohn, wir wurden enge Kumpane. Nun begrüßten mich alle am Hofe des Emirs, die Reichen, die Gelehrten und die restliche Elite der Stadt. So erreichte ich Bekanntheit im ganzen Land. Aus diesem Grund suchten Gesetzesbrecher meine Hilfe. Auch Leute, die Positionen am Hofe des Emirs erlangen wollten, versuchten es über mich.

Nach einer Weile zog ich weiter nach Sasa. Bei meiner Ankunft in der Stadt ergab sich für mich ein Glücksfall: Ich kam im Hause eines reichen Libanesen unter. Ich zeigte mich von der besten Seite. Als der Libanese meine angenehme Art bemerkte, bezog er mich zunehmend in sein Leben ein. Nach einigen Tagen machte er mich zu seinem Assistenten und übergab seinen gesamten Besitz in meine Obhut, damit ich mich darum kümmerte. Ich schwamm in seinem Reichtum und es ging mir blendend, während ich kein bisschen arbeitete. Ich tat einfach alles, was ich wollte! Die Verschwendung trieb ich so weit, dass ich Feiern mit Goge[10]-Geigen veranstaltete. Die Goge-Sänger sagten immer wieder: »Alhaji, verspiel nicht deine Pilgerreise!« Und ich erwiderte immerzu: »Ich bin gepilgert und ich werde wieder pilgern.«

Ich brachte Abenteuer und Belustigung in die Stadt, überall ging man zu meinen Feiern. Ich verprasste Geld und feierte immer weiter.

Als dem Libanesen dies zu Ohren kam, wollte er mich fangen lassen. Er versuchte, mir Fallen zu stellen, doch jedes Mal entwischte ich. Daraufhin ließ er mir die Nachricht überbringen, dass er verstorben sei. Man redete auf mich ein, dass ich zu seiner Leiche gehen solle, da er außer mir niemanden habe, keinen Sohn und keine Enkel. Dabei wusste ich um die Listigkeit der Libanesen. Ich widersprach den Leuten jedoch nicht und ging zu ihm.

Man zeigte mir, in welchem Zimmer er lag. Sie hatten ihn noch nicht zugedeckt, bis ich kam, da ich wie sein Sohn war. Ich blickte durchs Fenster hinein und sah ihn mit offenem Mund daliegen. Er wartete nur darauf, dass ich ins Zimmer trat und er mich endlich fangen konnte.

Nachdem ich ihn genau betrachtet hatte, um zu prüfen, ob er tot war, sagte ich: »Herrgott! Ich glaube nicht, dass er tot ist.«

Jemand rief: »O Gott! Wieso?«

Ich sagte: »Weil ich gehört habe, dass Libanesen nicht mit offenem Mund sterben. So sieh dir diesen Libanesen an, seiner ist offen!«

Als der Libanese meine Darstellung hörte, schloss er den Mund, damit ich überzeugt sein sollte, dass er tot war – als wäre ich so töricht.

»Ach, hat ein Toter sich jemals bewegt und sogar noch seinen Mund zugemacht?« Nachdem ich dies gesehen hatte, stürmte ich hinaus.

Mir wurde klar, dass ich nirgends mehr unterkommen konnte, und ich reiste weiter. Ich lief durch den Wald. Dort traf ich auf einen Dörfler mit einem Beutel voller Geld. Ich fragte ihn derart aus, dass er mir erzählte, wie er an das Geld gekommen war und wie er einen Teil schon ausgegeben hatte. Wir hielten an, um zu rasten. Er übergab mir das Geld, damit ich darauf aufpasste, während er schlief. Er dachte, er hätte einen Reisekumpan in mir gefunden.

Als er weiterwollte, sagte er: »Gib mir das Geld wieder und lass uns weitergehen.«

Ich hingegen sagte ohne Scham und ohne Angst: »Was soll ich dir geben? Das ist mein Geld.«

Es wurde sofort ernst und wir beschlossen, zum Haus des Richters zu gehen. Ich hatte schon gehört, dass dieser Richter bestechlich war. Wir gingen also zu ihm, er befragte mich und ich machte eine Aussage, die sehr wahrheitsgetreu klang. Daraufhin vernahm er den Dörfler, und dieser war zu schockiert über meine Version, um überhaupt etwas zu sagen.

Der Richter fragte ihn: »Hast du Zeugen?«

Er sagte: »Nein, nur Gott.«

Dann wandte der Richter sich an mich und fragte: »Hast du Zeugen, junger Mann?«

Ich sagte: »Ja, mein Herr! Ich habe viele Zeugen.«

»Wer sind deine Zeugen?«, wollte er wissen.

Ich antwortete: »Malam Dalhatu und sein Bruder können es

bezeugen. Malam Sule und der Sohn seines Bruders, Malam Hashimu, können es bezeugen. Außerdem war sogar ihr jüngstes Kind, Malam Muhtari, anwesend, als es passierte. So ungefähr hundert weitere Leute, die mitten in der Nacht eintreffen werden, werden aussagen!«

Als der Malam dies hörte, verstand er meine Anspielung: Malam Dalhatu und sein Bruder standen für zwei Dollar. Malam Sule und Malam Hashimu waren ein Schilling und fünf Kobo. Malam Muhtari war ein Drei-Pence-Stück und die Leute, die mitten in der Nacht kommen sollten, waren hundert Schilling. Folglich würde ich ihm mitten in der Nacht knapp hundertsechs Schilling bringen, wenn er mir recht gäbe. Nun, in diesen Zeiten bekamen nur Leute in Besitz von Geld Gerechtigkeit.

Sofort verdrehte der korrupte Richter die Aussagen zu meinen Gunsten und gab mir recht. Der Dörfler kam für drei Monate ins Gefängnis, wegen Falschaussage. In der Nacht brachte ich dem Richter sein Geld und gab den Rest für mein Vergnügen aus.

Eines Tages ging ich hinaus, um frische Luft zu schnappen, und fand eine Halskette aus roten Korallen. Stell dir vor, sie war der Tochter des Emirs gestohlen worden und die Räuber hatten sie versehentlich hier fallengelassen. Ich brachte sie auf den Markt, um sie zu verkaufen. Als die Leute mich damit sahen, wurde ich festgenommen und zum Hause des Richters gebracht. Ich tat, was ich konnte, um ihnen zu erklären, wie ich an die Kette gekommen war, aber es hieß, ich hätte sie geraubt. Ich bekam zwanzig Peitschenhiebe und wurde für drei Monate ins Gefängnis gesteckt.

Dort traf ich auf den Dörfler, den ich betrogen und dadurch erst kürzlich ins Gefängnis befördert hatte. Da wir uns so unerwartet wiedersahen, sagte er: »Herrgott! Sünden werden bestraft.«

Wir wurden an den Füßen aneinandergebunden. Ich musterte ihn von Kopf bis Fuß und bemerkte, dass er aussah wie Malam Zurƙe bin Muhamman, den ich in Saburi, der Stadt der Analphabeten, zum Gespött gemacht hatte. Ich erinnerte ihn an jenen Tag.

Er sagte: »Ach nein, ich hatte schon so ein Gefühl, dass du das bist.«

Wir erzählten uns gegenseitig, wie es uns nach unserer Trennung ergangen war. Mehrmals erzählten wir uns alles. Nach drei Monaten wurden wir freigelassen. Nachdem wir uns zwei Tage lang ausgeruht hatten, beschlossen wir, gemeinsam in das Land Ris zu reisen. Wir waren inzwischen Freunde geworden.

Bei unserem Weg durch den Wald begann ein verrücktes Kamel, uns mit offenem Maul zu verfolgen. Wir rannten zu einem Baum, auf den wir hinaufkletterten. Das Kamel stellte sich an den Fuß des Stammes und wartete, dass wir hinabstiegen, damit es uns angreifen könnte.

Den ganzen Tag wussten wir nicht, wie wir durchhalten sollten, und unsere Bäuche rumorten schon vor Hunger! Am frühen Abend saßen wir immer noch dort. Dann erst kamen einige Fulani, die zu ihrem Sharo-Fest[11] unterwegs waren. Als ich sie auf dem Weg erblickte, rief ich ihnen zu:»He, Reisende, eure Mutter!«

Bekanntlich werden Fulani sehr schnell wütend, und so kamen sie zu uns gelaufen, um herauszufinden, warum ich sie beschimpft hatte. Als das Kamel sie erblickte, interessierte es sich nicht mehr für uns und stürzte sich auf sie. Dank der Fulani waren wir vergessen. Alle rannten ins Gestrüpp! Wir stiegen hinab und machten uns wieder auf den Weg.

Wir reisten bis in die Stadt Ris. Zurƙe sah sich dort um und ich verlor ihn aus den Augen. So wurden wir getrennt.

Ich ging weiter und nahm ein Boot nach Alƙama. Denn ich wollte mich wieder auf die Suche nach dem begeben, wofür ich mein Zuhause verlassen hatte: dem Heilwasser. Auf einer Insel stiegen wir aus, um zu rasten, und ich ging mir die Beine vertreten. Das Boot fuhr ohne mich los, ich blieb allein zurück!

Da sie mich zurückgelassen hatten, suchte ich nach einem anderen Boot, um ihnen zu folgen. Ich lief am Strand entlang und traf auf einen Menschen, der dort saß. Ich sah ihn genauer an – und stell dir vor, es war Malam Zurƙe bin Muhamman!

Als ich das merkte, sprach ich:»Zurƙe bin Muhamman!«

Da sagte er:»Die Tapferkeit in Person, Sohn des Shaihu!«

Wir schlugen ein.

Er fuhr fort:»Bei Gott, gleich, als du auf mich zukamst, habe ich dich erkannt.«

Wir erzählten uns, wie es uns seit unserer Trennung ergangen war.

Nach unserer Wiederbegegnung reisten wir zusammen weiter, bis wir eine Stadt erreichten. Dort gingen wir zum Palast. Der Emir der Stadt empfing uns und ließ eine Unterkunft für uns einrichten, wo wir uns niederließen.

Eines Tages wartete ich, bis der Emir aus der Moschee kam, und begann dann, Malam Zurke zu schlagen. Der wusste nicht, wie ihm geschah.

Der Emir fragte:»Warum schlägst du denn deinen Freund?«

Ich antwortete:»Ich bin verzweifelt. Wie soll ich ihn nicht schlagen, wenn er dich beleidigt? Ich kann es nicht mit ansehen, dass jemand einem großen Emir wie dir Schande bereitet.«

Der Emir freute sich über meine Worte. Er ließ Malam Zurke mit Steinen vertreiben. So gingen Malam Zurke und ich nochmals auseinander.

Als ich sah, dass der Emir meinen Freund schlecht behandelte, fing er zwar an, mir leid zu tun, aber letztendlich fand ich, dass es ihm recht geschehe. Was man sät, wird man ernten. Gute Taten bringen gute Taten, böse Taten bringen böse Taten.

Drittes Kapitel

Alhajis Aufenthalt in Dandago und seine Geschichte mit der Leiche

Ich suchte weiter nach dem Heilwasser, doch fand ich niemanden, der je davon gehört hatte. Als mir dies klar wurde, verabschiedete ich mich vom Emir. Er gab mir noch ein Geschenk mit auf den Weg und ich machte mich bereit für meinen Aufbruch in eine Stadt namens Dandago.

Dort angekommen, traf ich ein Mädchen, das Jamilatu hieß. Sie war die Tochter eines Gelehrten. Ich brachte ja immer viel Tumult, und so fing ich an, sie zu umwerben. Einige Männer machten ihr Geschenke, um ihre Gunst zu erlangen, aber sie entschied sich für niemanden. Meine Güte! Wir gaben Geld aus, als gäbe es kein Ende. Eines Tages trat ich vor ihren Vater. Ich erklärte ihm, es sei höchste Zeit, dass seine Tochter ihren bevorzugten Bewerber wähle, damit alle ihre Ruhe hätten.

Der Vater sprach mit ihr und sie entgegnete ihm darauf:»In drei Tagen, Vater, sollst du losziehen und jedem der Freier erzählen, dass ich in der Nacht von Bauchschmerzen gequält wurde und daran verstarb. Dann hören wir, was jeder von ihnen sagen wird.«

Der Vater sagte:»In Ordnung.«

Nach drei Tagen suchte er das Haus eines der Freier auf und erklärte ihm:»Jamilatu ist gestern von uns gegangen. Bauchschmerzen haben sie gequält, bis sie starb.«

Als der Freier das hörte, antwortete er:»Ach, das ist doch eure Rettung. Ihr wolltet sie verheiraten und ihre Habgier hielt euch davon ab. Gut, nun ist sie tot. Niemand wird sich an sie erinnern!«

Der Alte vernahm es, zog seine Schuhe an und setzte seinen Weg fort. Er presste sich falsche Tränen heraus, ging zum Haus des nächsten Freiers und erzählte ihm dasselbe. Als dieser es erfuhr, sagte auch er:»Das passiert mit unentschlossenen Leuten. Geht und begrabt sie!«

Der Alte marschierte hinaus und weiter in Richtung meines Hauses. Als ich seine Schilderung hörte, zweifelte ich ihren Tod an, obwohl ich wusste, dass Gottes Macht noch viel mehr verrichten konnte. Sofort brach ich in vorgetäuschtes Weinen aus. Ich stürzte los, um mich anzuziehen. Während ich zu ihr nach Hause lief, presste ich Tränen hervor. Bei meiner Ankunft im Haus lag sie dort. Ich umarmte sie und betete dabei. Als sie dies vernahm, öffnete sie die Augen und sagte, man solle uns verheiraten!

Bald fand die Heirat statt. Es wurde ein Tag für die Feier festgelegt, wir feierten und damit war es vollbracht.

Als den anderen Männern zu Ohren kam, dass sie verloren hatten, hegten sie Neid gegen mich. Wann immer sie mich sahen, fingen sie an, mich zu beleidigen. Ich wurde beschimpft und verflucht. Nun, da ich hier zu Gast war, hielt ich es für besser, nichts zu sagen. Aber die Lage strengte mich zunehmend an. Durch eine Hinterlist gelang es ihnen schließlich, mich und meine Frau zu trennen. Mit Hexerei machten sie mich blind.

Alles, was ich hatte, ging irgendwann zu Ende, und ich wusste nicht einmal mehr, wie ich an Essen kommen sollte. Sobald ich verstand, wie mir geschehen war, fing ich an zu fischen, denn das konnte ich seit meiner Kindheit gut.

Als Helfer hatte ich einen Jungen namens Armi an meiner Seite. Er führte mich immer ans Meer und half mir in ein Boot, sodass ich mein Fischernetz auswerfen konnte. Bekanntlich ist ein jüngst Erblindeter stets streitlustig. Immer wenn ich mit dem Jungen umherzog und wir den Meeresstrand erreichten, sagte er mir: »Alhaji, wir sind angekommen.« Ich wiederum wollte nicht, dass

Leute von mir dachten, ich wäre blind. Daher glaubte ich selbst daran, dass ich ein kleines bisschen sehen konnte.

Wenn der Junge also sagte:»Wir sind angekommen«, beleidigte ich ihn und antwortete, dass er wohl einen Blinden aus mir machen wolle. Ich sagte ihm, dass ich auch selbst wisse, ob wir angekommen seien, da ich es sehen könne. Wenn er sagte, dass ich in unser Boot oder aus dem Boot steigen solle, erwiderte ich, dass ich doch gerade schon aussteige. Nun, Gott hatte den Jungen regelrecht mit Geduld überschüttet. Daher wurde er nicht wütend auf mich und wir blieben zusammen.

Eines Tages kam ein anderer Junge, der sagte, er wolle mein Diener werden. Ich antwortete:»In Ordnung.« Stell dir vor, es war Malam Zurƙe, ohne dass ich es wusste!

Die beiden dienten mir nun gemeinsam. Außer dem Fischen hätte ich auch keine Überlebensmöglichkeit gehabt. Bei allem, was sie für mich taten, dankte ich ihnen aber nie. Wenn sie mir sagten:»Pass auf, ein Loch«, dann antwortete ich:»Glaubt ihr, ihr könnt besser sehen als ich?«

Als sie meiner Art überdrüssig wurden, beschloss Malam Zurƙe, mir eine Lektion zu erteilen. Nach einigen Tagen sagte ich zu ihnen, sie sollten mich zu einem See begleiten, welcher Karuna See hieß.

Bei unserer Ankunft erklärten sie mir:»Wir sind angekommen.«

Als ich das hörte, antwortete ich ihnen:»Ich weiß doch, dass wir angekommen sind! Wollt ihr aus mir einen Blinden machen? Mir tun bloß die Augen weh.«

Sie erwiderten nichts.

Nachdem wir auf den See hinausgefahren und mit dem Fischen fertig waren, ruderten sie in Richtung des anderen Ufers. Auf der Mitte des Sees sagte Malam Zurƙe zu mir:»So, steig aus, wir sind angekommen.«

Darauf erwiderte ich:»Nun sieh dir diese Idiotenkinder an. Wollt ihr aus mir einen Blinden machen? Ich weiß, dass wir angekommen sind.« Da sprang ich aus dem Boot und fiel. Bei meinem Fall sank ich hinunter bis auf den Grund! Durch Gottes Güte erreichte ich ein Haus am Grund des Sees. Dort traf ich auf Menschen mit großen Köpfen. Unglaublich – sie waren Wasserbewohner! Sie hießen mich willkommen.

Sobald ich mich ausgeruht hatte, fragten sie mich nach meiner Geschichte und ich erzählte ihnen alles, was mir widerfahren war. Sie bekamen Mitleid mit mir und gaben mir Medizin. Ich erhielt mein Augenlicht zurück. Ihr Oberhaupt ließ mich zu einem Hügel bringen, von dem aus mir der Weg gewiesen wurde.

Nach einigen Tagen erreichte ich eine Stadt namens Baku nahe am Meer. Dort sah ich einen außergewöhnlich riesigen Menschen, der eine große Kuh besaß. Er sagte:»Wer will meine Kuh haben? Derjenige muss in den nächsten sieben Tagen schaffen, meinen Kopf zu berühren.« Er war umhergewandert bis zur Erschöpfung – es hatte niemanden gegeben, der an der Herausforderung interessiert war, bis er nun zu meiner Bleibe kam.

Ich meinerseits, bekanntlich ein echter Draufgänger, nahm die Kuh, brachte sie nach Hause, schlachtete sie und wir aßen sie gemeinsam. Ich sagte:»Alles, was kommen will, soll kommen! Wer zum Überleben bestimmt ist, wird überleben!«

Der riesige Mann hatte auch erklärt: Wenn ich versagte, würde er mich abschlachten und seiner Gottheit mein Blut opfern. Sein Name war übrigens Zandoro bin Zotori. Als ich die Kuh annahm, fragte ich ihn nach der Geschichte hinter seiner Körpergröße, die jedes Maß übertraf. Er erzählte mir, dass er in dem Land, aus dem er kam, als Zwerg galt, da seine Größe nur siebzig Ellen entsprach. Er sagte, er sei vom Stamm von Iwaja bin Unka, der in der Zeit des Propheten Noah gelebt hatte, als die Sintflut gekommen war.

Als ich dies gehört hatte, ging ich zurück in mein Zimmer. Ich konnte nicht schlafen vor lauter Grübelei. Es vergingen fünf Tage, bis mir eine Idee kam.

Am siebten Tag näherte er sich schon früh am Morgen langsam meiner Bleibe. Ich sah ihn an und sagte:»Langer Lulatsch!« Einige Leute folgten ihm, damit sie zuschauen konnten, wie er mich besiegt. Sowie er bei mir angekommen war, sagte er:»Nun, komm her, erfülle dein Versprechen!«

Da entgegnete ich ihm:»Warte kurz, lass mich zuerst die Wand meines Zimmers zu Ende reparieren. Sie zerfällt durch die Regenzeit.«

Er fragte:»Oh, wie hält man denn eine Wand zusammen?«

Ich antwortete:»Ach, in meiner Stadt ist das nicht schwierig. Sieh durchs Fenster und guck zu.«

So steckte er seinen Kopf hinein, um zuschauen zu können. Da berührte ich schnell sein Haupt und sagte:»Ha, ich habe ihn berührt!« Die Leute riefen:»Ja, er hat ihn berührt! Er hat ihn berührt!«

Zandoro ging wütend nach Hause. Nun hast du gehört, wie ich mit Zandoro bin Zotori, dem König der großen Menschen, auseinanderging.

Sieben Tage lang hatte ich die Alten und die Händler nach dem Heilwasser gefragt. Ich erfuhr nichts Interessantes und so machte ich mich auf den Weg nach Indien. In einer Stadt traf ich Malam Zurke wieder. Als ich ihn sah, sagte ich:»Zurke, bin Muhamman!«

Er drehte sich um und sprach:»Die Tapferkeit in Person, Sohn des Shaihu!«

Wir begrüßten uns und erzählten einander, wie es uns nach unserer Trennung ergangen war.

Nachdem wir etwa drei Tage zusammen verbracht hatten, trug sich Folgendes zu: Ein Dieb zog los und tötete den großen Diener des Emirs der Stadt. Er schleifte ihn bis zum Meereszugang der Stadt und warf ihn hinein. Am Morgen desselben Tages ging auch Malam Zurke zum Meer, um sich zu waschen. Dort erblickte er den Toten. Weil er ein unanständiger Mensch war, holte er eine

Decke und wickelte die Leiche darin ein. Er nahm sie hoch und trug sie zu dem Haus, in dem wir untergekommen waren. Unterdessen erwachte langsam die Stadt.

Als er ankam, fand er mich schlafend vor. Er trug die Leiche in das Zimmer, in dem ich schlief, und legte sie in die Ecke. Von alledem bekam ich nichts mit.

Nach dem Ruf zum Morgengebet stand ich auf und trat hinaus. Ich nahm meine Waschung vor und ging, um mit dem Imam in der Gemeinde zu beten. Als das Gebet vorüber war, meditierte ich ein wenig und kehrte dann nach Hause zurück. Ich legte mich ins Bett, um noch etwas Schlaf zu bekommen, bevor die Sonne hervorkam.

Während ich dalag, kam Malam Zurke aus seinem Zimmer. Sobald ich ihn sah, stand ich auf und wir wünschten uns einen guten Morgen. Wir saßen zusammen und unterhielten uns über die Welt.

Nach kurzer Zeit bemerkte ich, wie Zurke zu der Ecke mit der Leiche hinüberschaute. Er fragte: »Was ist mit der Decke, die du dort abgelegt hast? Glaubst du nicht, dass Termiten sie zerfressen werden?«

Ich sagte: »Welche Decke? Ich habe keine Decke hier.«

Dann stand ich auf und ging zu dem Platz, um nachzuschauen. Nun sah ich, dass ein Gegenstand darin eingewickelt war. Ich hob ihn hoch und stellte fest, dass er schwer war. Da schaute ich hinein und erkannte, dass ein toter Mensch darin lag. Er war ganz und gar eingewickelt worden. Sofort wusste ich, wer mir diese Sache unterschieben wollte.

Malam Zurke bemerkte, dass ich sprachlos dasaß, und fragte: »Was hast du entdeckt und verheimlichst es mir?«

Ich sah zu, wie er aufstand, den Menschenkörper holte und ihn mitten ins Zimmer legte. Nun wurde sichtbar, dass sich ein toter Mensch in der Decke befand. Er zog ihn heraus und rief: »Oh, Alhaji, hast du etwa angefangen, die Diener des Emirs zu töten, um ihr Geld zu rauben? Es bleibt mir nichts anderes übrig, als zum Emir zu gehen und ihm zu sagen, was du tust. Ich kann nicht zulassen, dass man mich beschuldigt, während ich von nichts eine Ahnung habe.«

Als ich dies hörte, dachte ich mir im Stillen:»Es reicht mir.« Ich blickte Malam Zurke an und sagte:»Du bist nur ein dummer Tölpel, der das Glück verkennt. Gestern hat der Emir bekannt gegeben, dass derjenige, der diesen Mann findet und tötet, eine Belohnung von hundert Pfund von ihm bekommen soll.«

Als Malam Zurke dies vernahm, fragte er:»Warum wollte der Emir ihn umbringen lassen?«

Darauf antwortete ich:»Am Tag, nachdem der Emir seinen Rundgang gemacht hatte, erwischte er ihn, wie er sich Zugang zu seinem Haus verschaffte. Da der Emir ihn auf frischer Tat ertappt hatte, wollte er ihn fangen und töten lassen. Doch der Mann entkam, rannte fort und versteckte sich. Und sieh, jetzt hat Gott ihn mir gebracht, jetzt werde ich mein Vermögen abholen.«

Als Malam Zurke das hörte, sagte er:»Ich habe ihn getötet. Ich werde die Leiche zum Emir bringen.«

Ich entgegnete ihm:»Nein, das ist eine Lüge!«

Aber er beharrte darauf, dass diese Leiche wirklich seine sei. Da ich merkte, dass er darauf hereinfiel, sagte ich:»Gut, bring sie hin. Wenn es nicht deine ist, soll Gott dich strafen!«

Malam Zurke glaubte, dass die Geschichte wahr sei, und so wickelte er die Leiche ein und ging zum Haus des Emirs. Ich hingegen nahm meine Sachen und machte mich fort! So ging ich mit Malam Zurke auseinander.

Viertes Kapitel

Alhaji gibt vor, verrückt zu sein

Eines Tages kam ich in eine Siedlung. Dort hörte ich meine Händlerbrüder reden, dass sie, seit sie geboren wurden, noch nie jemand dümmeren als Malam Zurƙe gesehen hätten. Sie wussten nicht, dass wir uns kannten.

Als ich ihre Worte vernahm, fragte ich: »Wo habt ihr ihn gesehen?«

Sie nannten den Namen der Stadt, aus der ich gerade kam.

Ich fragte weiter: »Warum sagt ihr, dass er so furchtbar dumm ist?«

Da sagte der Älteste: »Letzten Freitag gingen wir, den Emir zu grüßen. Als wir dort saßen, kam er mit etwas, das in eine Decke eingewickelt war, und trat vor den Emir.

Der Emir fragte ihn: ‚Was geht hier vor?'

Da rollte dieser Malam Zurƙe die Decke aus, zog die Leiche des großen Dieners des Emirs heraus und sagte: ‚Hier ist derjenige, den du befahlst zu töten. Ich habe ihn dir gebracht.'

Der Emir starrte die Leiche entsetzt an und fragte: ‚Warum hast du ihn umgebracht?'

Da sagte Malam Zurƙe: ‚Weil du gesagt hast, dass du demjenigen, der ihn tötet, eine Belohnung von hundert Pfund geben wirst. Deshalb versetzte ich ihm gestern Morgen einen heftigen Schlag mit dem Knüppel. Ich gab ihm nur einen Schlag und er fiel tot um.'

Sobald der Emir dies hörte, flossen ihm die Tränen und er fragte: ,Wer hat dir erzählt, ich wolle ihn umbringen lassen?'

Da sagte Malam Zurƙe: ,Du hast doch gestern Nachmittag verkündet, dass du ihn töten lassen willst, weil er in dein Haus eingebrochen ist, während du auf deinem Tagesrundgang warst.'

Der Wesir vernahm diese Erklärung und sagte darauf: ,Er ist verrückt!'

Malam Zurƙe bekam es mit, sah den Wesir an und entgegnete: ,Du bist wohl der Verrückte, nicht ich.'

Als der Emir dies hörte, sagte er: ,Diener! Schlagt ihn, bis er tot ist!'

Sie schlugen von allen Seiten auf ihn ein und warfen ihn auf den Zement. Der Emir sah, dass er fast tot war, und sagte, man solle ihn in die Sonne werfen, bis er sich wieder erholt habe.

Am Abend ging es ihm besser. Er wurde ins Irrenhaus gebracht, am Fußblock befestigt und seine ausgebreiteten Arme wurden an der Wand festgebunden.«

Nach dieser Erzählung überkam mich Mitleid mit meinem Reisegefährten. Ich fragte:»Wenn ich es richtig verstehe, soll er nicht umgebracht werden?«

Sie sagten:»Nein, der Emir sagt, dass er krank im Kopf sein müsse. Deshalb werde er nicht getötet.«

Eines Tages lief ich über den Markt und fragte herum, um Informationen über das Heilwasser zu erhalten. Da sah ich ein Mädchen, das ich gerne heiraten wollte. Es stellte sich heraus, dass sie schon verheiratet war, jedoch liebte sie ihren Mann nicht. Ich rief sie zu mir und wir planten, uns in der Nacht bei ihr zu treffen.

Es hatte schon den ganzen Tag geregnet, und es schüttete unaufhörlich weiter bis in die Nacht. Im Regen kam der Mann nach Hause und sie entfachte das Feuer für ihn.

Bei meiner Ankunft versteckte ich mich und spähte in das Zimmer. Ich beobachtete, wie er sich genüsslich kratzte.

Stell dir vor, Malam Zurke war auch in der Stadt! Man hatte ihn bereits entlassen – und er und das Mädchen wollten sich ebenfalls in dieser Nacht treffen. Nun kam er an und ertappte mich beim Spionieren. Wie ein Schurke schlich er sich von hinten an, hob mich hoch und warf mich ins Zimmer.

Als der Mann mich so plötzlich erblickte, fragte er:»Wo kommst du denn her?«

Da antwortete ich ihm:»Bei Gott, ich wurde geschubst!«

Ich wollte hinausstürzen, da sprang er auf und fasste mich. Er verfrachtete mich in den Ziegenstall und schloss mich mit den Ziegen ein.

Am Morgen brachte er mich zum Hause des Emirs. Da fasste ich einen Entschluss und sagte mir:»Schuld und Scham lassen sich immer gut durch Wahnsinn vertuschen.« Deswegen fing ich an, mich völlig irre zu verhalten.

Der Emir fragte den Mann nach dem Grund für unser Kommen, und der erzählte ihm alles. Daraufhin wandte der Emir sich an mich und fragte: »Wie heißt du, junger Mann?«

Ich entgegnete: »So war das!«

Er fragte: »Was meinst du?«

Ich sagte: »So war das!«

Auf jede Frage, die er mir stellte, antwortete ich: »So war das.« Dann sagte er: »Ich habe es schon vermutet! Wer, wenn nicht ein Verrückter, fällt denn in das Zimmer von jemandem hinein und sagt, er wurde geschubst? Wahrlich, seine Dschinns haben ihn geschubst.« Er ließ mich ins Irrenhaus bringen, wo ich am Fußblock befestigt wurde.

Als der Wesir der Stadt die Geschichte hörte, meinte er, ich würde lügen. Ich sei bei bester Gesundheit! Deshalb kam der Emir nach sieben Tagen ins Irrenhaus, um mich auf die Probe zu stellen.

Er ließ mich rufen und fragte: »Wie heißt du?«

Ich sagte: »Mai 'Yangabas.«

Er fragte: »Welcher Tag ist heute?«

Ich sagte: »Freitag.«

Er befragte mich weiter: »In welchem Monat befinden wir uns?«

Ich sagte: »Shawwal.«

Da hörte ich die Höflinge sagen: »Da ist es raus!«

Der Emir befragte mich weiter: »Kennst du Gott?«

Ich sagte: »Natürlich, wer kennt denn nicht Gott?«

Er fragte: »Wo ist er?«

Da sagte ich mir: »Ich muss etwas Dummes tun, damit sie nicht sagen können, dass ich lüge.« Deswegen stand ich auf und zeigte nach oben. Was ich zeigen wollte, war, dass es nur einen Gott gab und keine Götter neben ihm. Ich tanzte mit all meiner Energie. Die Leute brachen daraufhin in Gelächter aus. Sie sagten, dass ich wirklich verrückt sei, jedoch auf dem Weg der Besserung.

Der Emir meinte: »Das kann nicht wahr sein, es ist keine Verrücktheit, sondern Dummheit.« Dann ließ er mich frei.

Am nächsten Freitag wurde ich zum Leiter der Hofnarren ernannt. Der Name des Amts: Hofnarrenleiter. Ich gewann solche Beliebtheit, dass nichts ohne mich besprochen wurde und keine Beschlüsse ohne mich gefasst wurden.

Nach einiger Zeit rief der erste Sohn des Emirs alle wichtigen Höflinge zusammen. Er sagte, er lade uns ein, für seine Familie die Klärgrube zu leeren, denn er wolle niemanden in seinem Hause dulden, außer uns, den Vertrauten seines Vaters. Aus diesem Grund gingen wir gemeinsam in einer großen Gruppe zu dem Haus und fingen mit der Arbeit an. Weil es sehr stank, spuckten alle Arbeitenden aus. Ich hingegen sang die ganze Zeit Lieder. Während des Gesangs spuckte ich auch, doch niemand merkte, dass ich es tat!

Als der Prinz sah, dass die Höflinge ausspuckten, ergriff ihn die Wut. Er sagte zu ihnen:»Wenn die Kacke zu doll stinkt, dann hört doch auf. Welche Frechheit veranlasst euch, bei der Arbeit auszuspucken? Wäre es Essen gewesen, das euch der Emir zu vertilgen gab, wärt ihr schon lange fertig!«

Nachdem der Prinz sich so empört hatte, ging er und erzählte dem Emir, was die Höflinge ihm antaten. Er sagte, dass nur ich allein nicht ausspuke. Anstatt zu spucken oder missbilligende Geräusche zu machen, würde ich die ganze Zeit Lieder singen, erklärte er.

Der Emir hörte es und wurde wütend. Er ließ alle Höflinge zu sich rufen und schimpfte sie einen nach dem anderen aus. Ich konnte sie gerade so eben retten. Diese Sache brachte mir noch mehr den Respekt des Emirs und seiner Söhne ein.

Als ich sah, wie erfolgreich ich in dieser Stadt war, dachte ich mir:»Man soll aufhören, wenn es am schönsten ist. Ich werde weiterziehen.« Deshalb stand ich eines Tages auf, ging zum Emir und sagte:»Ich möchte gern etwas weiterreisen, aber nach drei Tagen kehre ich zurück.«

Ich gab ihm meinen ganzen Besitz und er bewahrte ihn auf, bis ich zurückkäme. Also machte ich mich weiter auf die Suche nach dem Heilwasser, das Wagnis, für welches ich meine Heimatstadt verlassen hatte.

Fünftes Kapitel

Das Treffen, bei dem Malam Zurke die Fliegen von Alhajis Kacke verscheucht

Ich reiste bis zu einer wirklich großen Stadt namens Tegi. Der Emir der Stadt begrüßte mich und man führte mich in eine Unterkunft, wo ich blieb. Eines Tages kam ich an den Hof, da hörte ich den Emir sagen: »Oh, mein Zeremonienmeister plagt mich. Er holt mich aus dem Schlaf.«

Der Wesir fragte: »Warum, mein Herr?«

Der Emir antwortete: »Weißt du, seine Frau ist letzten Monat gestorben. Seit ihrem Todestag bekommt er kein Auge zu. Mitten in der Nacht steht er auf und fängt einfach an zu singen wie ein Verrückter. Er sagt, es wäre besser, wenn der Tod ihn geholt und seine Frau zurückgelassen hätte, sodass er in Frieden ruhen könnte.«

Als ich das hörte, sagte ich zum Emir: »Mein Herr, soll ich etwas dagegen unternehmen?«

Der Emir antwortete: »Ja, wirklich gerne, wenn du kannst!«

»Gut, mein Herr«, sagte ich. »Ich werde sehen, was ich tun kann.«

In der Nacht waren alle von der abendlichen Zusammenkunft am Hofe weggegangen. Da schlich ich mich in den Bereich des Zeremonienmeisters, spähte in sein Zimmer und versteckte mich unter seinem Bett. Der Emir kehrte ins Haus zurück und ich hörte den Zeremonienmeister in Richtung seines Zimmers kommen. Er sang und wehklagte in Erinnerung an seine Frau. Sie wohnte tief in seinem Herzen! Da ich seine Schritte vernahm, war ich still und bewegte mich nicht. Er kam herein und legte sich ins Bett. Doch vor Sehnsucht konnte er nicht schlafen. Von diesem Moment bis tief in die Nacht hörte ich ihn nun das tun, wovon der Emir am Tag berichtet hatte.

Als ich ihn sagen hörte, dass er lieber vom Tod geholt worden wäre, anstelle seiner Frau, verstellte ich meine Stimme und antwortete ihm: »Wegen dieser deiner Hoffnung wurde ich gesandt, um dein Leben zu nehmen, damit du zu ihr gelangen kannst.«

Da er kein kluger Kopf war, sprang er bei diesen Worten auf und rannte hinaus, denn er glaubte, der Tod wäre gekommen, um ihn zu holen. In dieser Nacht schlief er nicht zu Hause.

Am Morgen ging er zum Emir und erzählte ihm: »Gestern hat mich der Tod in meinem Zimmer gejagt. Ich konnte nicht darin schlafen. Wenn ich nicht weggerannt wäre, hätte er mein Leben genommen!«

Der Emir wusste sofort, was passiert war, und fing an zu lachen. Von nun an gedachte der Zeremonienmeister nicht mehr seiner Frau und brach nicht mehr in Wehklagen aus.

Es war wahrscheinlich, weil ich den Zeremonienmeister so beschämt hatte, dass er anfing, mich zu hassen. Er begann, sich vor dem Emir gegen mich auszusprechen. Nun musst du wissen, dass ich bisher keine Beliebtheit beim Emir erlangt hatte. Daraufhin bemerkte ich, dass der Emir anfing, mich zu demütigen. Da wollte ich die Stadt verlassen, mit meiner noch unversehrten Ehre. Aber dann erinnerte ich mich, dass es heißt: Für alles, was man einer rechtschaffenen Person antue, werde sie sich rächen.

Deswegen sagte ich mir: »Ich gehe nirgendwo hin, bevor ich mir nicht den Zeremonienmeister vorgenommen habe.«

Eines Tages brach ein Dieb in das Haus ein, in dem ich untergekommen war, und stahl etwas. Der Besitzer war wach und ertappte ihn dabei. Sie gerieten in eine tätliche Auseinandersetzung. Der Hausherr hatte Glück: Er konnte den Dieb auf den Boden werfen. Sein Kopf wurde in zwei Teile gespalten, da war er sofort tot.

Diese Sache bekümmerte den Hausherrn. Er kam zu mir und fragte:»Hast du Rat für mich, Alhaji? Ich habe einen Menschen getötet!«

Ich blieb für einen Moment still, dann antwortete ich:»Das macht nichts, solange du deinen Mund halten kannst.«

Er sagte:»Ich habe ihn umgebracht. Wie könnte ich dies aussprechen, selbst wenn ich wollte?«

Ich zögerte keinen Augenblick und wies ihn an, die Leiche zu nehmen. Wir gingen an den Stadtrand und ließen sie dort. Dann besorgten wir uns den Stiel einer Axt und gingen zurück bis zum Haus des Zeremonienmeisters. Als wir ankamen, schlief er tief und fest. Ich heftete meinen Blick auf seinen Kiefer, versetzte ihm einen Schlag mit dem Knüppel und wir stürzten hinaus. Wir gingen nach Hause und legten uns hin. Der Hausherr war gespannt darauf, was ich als Nächstes tun würde.

Mitten in der Nacht stand ich auf. Ich lief durch die Stadt und predigte dabei bis zum Morgen, sodass die ganze Stadt hörte, was ich sagte.

In der Frühe holten einige Frauen Wasser am Fluss und fanden die Leiche des Diebes am Stadtrand. Man wusste nicht, wer ihn getötet hatte.

Der Emir erhielt Kenntnis darüber. Daraufhin sagte einer der Höflinge:»Gestern habe ich den Besucher – diesen Alhaji – gehört, der bei Malam Muhammadu, dem älteren Bruder von Inusa, wohnt. Er hat nicht geschlafen, sondern die Nacht mit Predigen verbracht. Vielleicht hat er irgendwelche Regungen in der Nacht mitbekommen, während er umherlief.«

Sofort ließ der Emir mich rufen, ich kam und wurde befragt. Zur Antwort gab ich:»Ja, ich habe zwei Leute am Stadtrand streiten gehört. Ich habe sogar den einen zum anderen sagen hören: ‚Weil du mir gegen den Kiefer geschlagen hast, bringe ich dich um.' Das war alles, was ich gehört habe, mein Herr.«

Daraufhin schickte der Emir Leute zum Zeremonienmeister, damit sie ihm ausrichteten, dass er kommen solle. Auf dem Markt sollte er heimlich Ausschau halten und jeden mit geschwollenem Kiefer festnehmen lassen.

Die Leute fanden den Zeremonienmeister schlafend, mit geschwollenem Kiefer vor und teilten dies dem Emir mit. Sofort wurden Wachen geschickt, um ihn festzunehmen. Er wusste nicht, wie ihm geschah. Er wollte etwas sagen, konnte aber nicht sprechen. Der Emir ließ ihn für ein Jahr einsperren, weil es keine Zeugen gab.

Als ich merkte, dass ich in dieser Stadt wirklichen Schaden angerichtet hatte, brach ich auf in eine andere Stadt, in der ich mich niederließ. Ich suchte immerzu nach dem Heilwasser und wurde nicht fündig.

Eines Tages lief ich durch den Wald. Dort erblickte ich einen Dörfler, der mit seinem Bruder stritt. Ich näherte mich, bis ich sah, wie der eine den anderen mit dem Knüppel totschlug. Da ich bemerkte, dass er davoneilen wollte, sagte ich: »Halt! Wo willst du hin? Ich bringe dich erst mal zum Oberhaupt der Stadt.«

Als er verstand, dass ich ihn ausliefern würde, fiel er vor mir nieder. Er flehte mich an, ihn nicht zu verraten.

Ich erkannte, dass er Angst hatte, und sagte zu ihm: »Was gibst du mir, damit ich dein Geheimnis bewahre?«

Er antwortete: »Ich gebe dir zehn Kühe.«

Ich sah ihn an und machte verächtlich: »Tsss.« Dann sagte ich: »Würde ich dir mein Leben für zehn Kühe verkaufen? Nein, wir kommen nicht ins Geschäft.«

Wir verhandelten weiter, bis er bereit war, mir zwanzig Kühe zu geben. Ich willigte ein. Wir gingen zur Viehkoppel seines Vaters, er trennte zwanzig Kühe von der Herde und gab sie mir. Ich trieb sie bis in die Stadt und behauptete, ich hätte sie gekauft. Den Leichnam wickelte ich ein, brachte ihn auch in die Stadt und legte ihn in meinem Zimmer nieder.

Mitten in der Nacht stand ich auf und ging zu Malam Zurkes

Haus. Er ahnte nicht, dass ich mich in der Stadt befand, doch ich wusste, dass er da war. Ich hatte nachgeforscht, welches Gewerbe er ausübte, und herausgefunden, dass er ein Dieb war. Deswegen sagte ich mir:»Ausgezeichnet.«

Von meinem Versteck aus hörte ich ihn zu seiner Frau sagen:»Ich versuche mal mein Glück.«

Sie erwiderte:»In Ordnung, viel Erfolg!«

Nachdem er aufgebrochen war, ging ich nach Hause zu dem Leichnam. Ich wickelte ihn ein, als wäre er eine Ware, nahm ihn hoch und machte mich in Richtung des Diebeshauses auf.

Dort sagte ich zu Zurkes Frau:»Ich bin noch mal kurz zurückgekommen. Nimm dies schon mal entgegen. Ich bin aber in Eile, ich habe ein paar Händler auf dem Weg gesehen.«

Sie stand eifrig auf, nahm es an und sagte:»Gut. Mach, dass du alles herbringst. Wenn es auch Kleidung und Matten gibt, pack alles ein!«

Ich ging los und suchte nach einem Plätzchen, wo ich mich verstecken konnte, um zu lachen.

Dann, kurz vor Morgengrauen, kam der Hausherr zurück – tapp, tapp, tapp. Er ging ins Zimmer und sagte:»Puh, heute bin ich gerade so davongekommen. Einige Libanesen wollten mich erschießen. Ich habe heute nichts erbeutet.«

Als die Frau das hörte, antwortete sie:»Aber das, was du gebracht hast, ist genug.«

Er sah das Bündel und meinte:»Ja, stimmt. Es ist genug. Bring's her, lass uns sehen, was drin ist, in Ordnung?«

Man kennt ja die Beziehung zwischen Mann und Frau – er setzte sich hin und erzählte ihr alle möglichen Lügen, er lobte sich selbst und erklärte:»Ich habe es zwölf starken Leuten abgenommen.«

Als ich dies hörte, sagte ich zu mir selbst:»Er reitet sich rein!«

Sie machten das Bündel auf und entdeckten den toten Menschen darin. Sie schauten ihn sich genauer an und merkten, dass sie den Jungen kannten. Sein Name war Dangiwa, der Sohn eines Kriegers aus der Gegend, der Giwa hieß.

Jetzt, da Malam Zurke dies sah, sagte er: »Ich schwöre auf meinen Vater, ich war es nicht, der dir das hierhergebracht hat.«

Sie entgegnete: »Wer denn, wenn nicht du? Du hast doch sogar gesagt, du hast es zwölf Leuten abgenommen?«

Da stritten sie sich und es kam zu Handgreiflichkeiten. Malam Zurke sagte, dass seine Frau lüge. Die Frau sagte, er sei der Lügner.

Am Morgen hörte der Emir davon. Sofort ließ er beide zu sich bringen. Abends erfuhr ich, dass Malam Zurke verschwunden war.

Ich blieb noch einige Tage in der Stadt.

Eines Morgens stand ich auf und lief los nach Manta. Ich hatte Glück: An diesem Tag war Markt in der Stadt. Deshalb begab ich mich nach meiner Ankunft gleich dorthin. Ich ging zur Ecke der Furaverkäufer, um Fura¹² zu kaufen. Da trat eine Frau auf mein Gewand. Ich wollte etwas sagen, da beleidigte sie mich:»Niemand ist eingebildeter als die Arbeiterklasse.«

Ich musterte die Frau, die mich als»Arbeiterklasse«bezeichnet hatte, und sah, dass sie noch nicht einmal so alt war wie meine jüngere Schwester. So sagte ich:»Ich werde mich nicht mit dir anlegen, aber mit deinem Mann.«

Sie blickte mich wütend an und sagte:»Du redest Unsinn, Malam Zurƙe ist besser als du, miss dich nicht mit ihm.«

Als ich dies hörte, war mir klar, dass Malam Zurƙe in der Stadt weilte und dass sie seine Frau war. Deshalb sagte ich zu ihr:»Morgen am frühen Nachmittag – wenn es stimmt, was du sagst – soll dein Mann mich im Wald treffen!«

Sie meinte:»Gut, ich werde es ihm sagen. Malam ist jemand, der sich gerne streitet. Jetzt hat er die Gelegenheit dazu.«

Am frühen Nachmittag kam die streitlustige Frau zu mir nach Hause. Sie beleidigte mich wieder und sagte:»Steh auf und komm in den Wald.«

Ich erwiderte:»Ich komme gleich.«

Auf ihren Mann wiederum redete sie mit Lügen ein, bis er aufstand, einen Knüppel nahm und dann mit ihr in Richtung Wald ging. Sie erwarteten mich, zu allem bereit. Als ich sah, wie sie an meinem Haus vorbeikamen, rieb ich mir mein Gesicht mit Indigo ein. Ich suchte mir den Stiel einer Axt, den ich mir über die Schulter legte.

Anstatt den Weg zu nehmen, den man erwarten würde, sprang ich von hinten aus dem Gebüsch, lief auf sie zu und beschimpfte sie.

Als sie mich erblickten, sagte die Frau:»Schau, da kommt ein Verrückter.«

Da hörte ich den Mann fragen:»Wo ist er?«Er schaute in alle Richtungen.

Ich sah, dass er verunsichert war, und fuhr mit den Beschimpfungen fort. Ich trat der Frau auf den Fuß. Sieh blickte ihren Mann an – er wandte sich ab. Ich guckte die Frau an und ohrfeigte sie drei Mal – ihr Mann erwiderte nichts. Danach sagte ich:»Macht eure Beutel auf, zeigt mir eure Sachen!« Sie öffneten sie voller Angst.

In dem Moment war ich mit Lachen erfüllt. Ich wollte sie nun verlassen, doch da fiel mir eine lustige Sache ein, die ich Malam Zurke für mich tun lassen wollte. So würde ich an dem Tag, an dem wir uns wiederträfen, etwas zu lachen haben. Nach diesem Einfall machte ich kehrt, ging an den Wegesrand, hockte mich hin und kackte.

Ich rief Malam Zurke und seine Frau und sagte zu ihr:»Nimm die Schüssel und trommle die ganze Zeit für deinen Mann. Und du, hock dich hier hin und verscheuche die Fliegen von meiner Kacke. Wenn du auch nur eine Fliege meine Kacke fressen lässt, werde ich dich töten.«

Er sagte:»Ja, mein Herr, ich werde es erledigen!«

Ängstlich hockte er sich hin und wedelte mit seiner Hand, um die Fliegen von meiner Kacke fernzuhalten. Die Frau nahm die Schüssel. Sie trommelte die ganze Zeit und sang für ihn, um sein Durchhaltevermögen zu steigern. Ich hingegen sah zu, wie er sich anstrengte, die Fliegen zu verscheuchen, und musste beinahe lachen.

Da bog ich in den Wald ein und verschwand. Wie es weiterging, weiß ich nicht. Ich kehrte nach Hause zurück und lachte, bis mein Bauch wehtat.

Um Malam Zurke nicht in der Stadt zu begegnen, packte ich am Nachmittag meine Sachen und ging weiter auf die Suche nach dem Heilwasser.

Sechstes Kapitel

Diebe belästigen Alhaji

Ich reiste, bis ich eine Stadt namens Miska erreichte. Dort kam ich im Hause eines Malams unter, der Daula genannt wurde. Wegen seiner Gottesfürchtigkeit gaben die Leute ihm den Spitznamen »Na-Malam Iro, der die Nacht mit Beten verbringt«. Malam Daula hieß mich willkommen. Ich freundete mich mit seinem Hausjungen Kado an und wir verbrachten sehr viel Zeit miteinander.

Eines Abends, nachdem wir uns lange unterhalten hatten, ging ich in mein Zimmer und legte mich hin. Bevor ich einschlafen konnte, hörte ich Schritte vor der Tür. Ich schreckte hoch. Dann sah ich einen riesigen Menschen hereinkommen. Als er eintrat, saß ich da. Ich nahm an, dass er weglaufen würde, wenn er merkte, dass ich wach war. Nun verstand ich, dass er es nicht tat, und dachte mir: »In Ordnung, heute wird es Ärger geben.«

Er näherte sich mir. Ich stand auf und sagte: »Willkommen, willkommen. Nimm Platz, hier auf der Matte. Ach, dass du hier bist! Und du hast deinen Besuch gar nicht angekündigt, als wir uns auf dem Markt getroffen haben.« Ich redete weiter mit ihm, als ob ich ihn kennen würde.

Als er das begriff, setzte er sich und überlegte, woher er mich kannte. Er wandte sich zu mir und fragte: »Woher kennst du mich?«

Ich sagte: »Ach! Ich kenne dich schon ewig, hör mir auf, ich

kenne deine ganze Familie und jeder von ihnen kennt mich.
Ich habe mich immer mit deinen Geschwistern getroffen, sie
haben mich sogar nach dir gefragt und ich habe gesagt, ich
weiß nichts. Nun, heute Nacht treffen wir, Gott sei Dank, auf-
einander.«

Er musterte mich nochmals von oben bis unten und sagte:
»Wenn du mich kennst, wie heiße ich?«

Da hob ich den Kopf und schrie laut: »Dein Name ist DIEB!«
Als er mich schreien hörte, rannte er davon. Ein paar Leute
liefen zusammen und verfolgten ihn, doch er entkam. Ich lag
währenddessen auf meinen Sachen und bewegte mich kein
Stück. Mit Anbruch des Tages lachten alle Menschen im Vier-
tel über mich.

Weil ich merkte, dass mich die Diebe mit Einbrüchen beläs-
tigten, verließ ich den Ortsteil. Im Hause eines großen Hyänen-
Dompteurs kam ich unter. Ich hatte einen wichtigen Grund, unter
seinem Dach Unterkunft zu suchen.

Als ich den großen Dompteur sagen hörte, man solle mir ein
Zimmer geben, in dem ich meine Sachen abstellen könne, entgegnete ich ihm: »Nein, ich würde lieber immer bei dir schlafen,
sofern deine Hyänen unter Kontrolle sind.«

Er sagte: »Ha! Ich schlafe zusammen mit meinen Hyänen. Aber
warum möchtest du neben Hyänen übernachten?«

Ich antwortete: »Ich bin es aus meiner Heimatstadt gewohnt
und habe das Bedürfnis, bei ihnen zu schlafen. Schon in meiner
Heimat hatte ich im Hause des Dompteurs eine Arbeit. Daher
wollte ich bei dir unterkommen.«

Er sagte: »Na schön, dann wirst du dich hier zu Hause fühlen.«

Die Diebe, die mich belästigt hatten, merkten schnell, dass ich
wieder eine Bleibe gefunden hatte. Als sie vor der Tür meines
Zimmers ankamen, lagen die Hyänen des großen Dompteurs
dort. Die Diebe sahen sie jedoch nicht. Einer sagte zum anderen:
»Geh du rein und reich mir die Sachen, ich werde sie verstauen.«

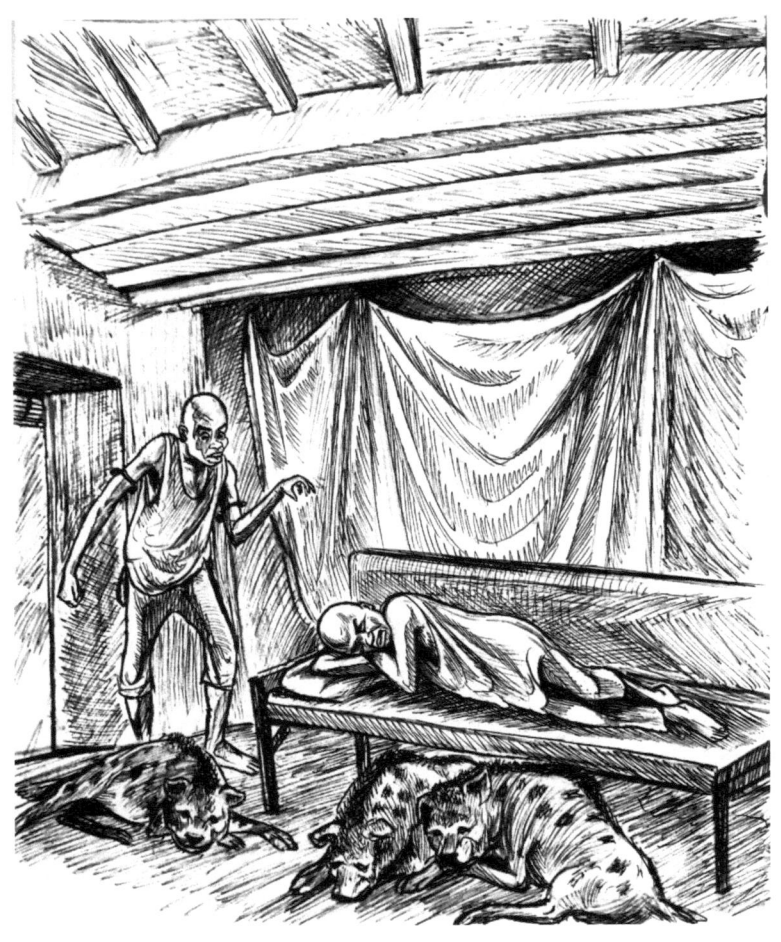

Sobald er das Zimmer betrat, ließ seine Bewegung die Hyänen
hochschrecken. Sie spitzten die Ohren. Es gab für ihn keine Möglichkeit, nach draußen zu gelangen, weil die Hyänen jetzt den Weg
zur Tür versperrten. Alle Hyänen fingen an zu knurren, da ein
Fremder in ihrem Zimmer stand. Als der Dieb sie hörte, bekam
er Angst und fing an zu weinen. Er sprach zu mir: »Steh auf, du
hast einen Dieb gefangen!«

Ich wachte auf. Sowie ich ihn sah, durchschaute ich, was passiert war, und sagte:»Nein, ich habe keinen Dieb gefangen. Mir wurde nichts gestohlen, geh deiner Wege.«

Er erwiderte:»Nein, bei Gott, du hast mich erwischt. Steh auf und fang mich.«

Ich sagte:»Nein, geh du deiner Wege.«

In diesem Moment wachte der Dompteur auf und fragte mich, was los sei. Ich erklärte ihm alles. Dann stand ich auf und schlug den Dieb unaufhörlich mit dem Knüppel, sodass er laut schrie. Ich fesselte ihn und machte seine Hände und Füße an der Wand fest. Darauf mahlte ich Chilis und rieb ihm das Pulver in die Augen. Er schrie bis zum Morgen.

In der Frühe sah ich ihn mir von Kopf bis Fuß an und stellte fest, dass es Malam Zurke war. Ich sagte:»Zurke bin Muham-man!«

Er drehte sich um, beide Augen knallrot vom Chili, und sprach:»Die Tapferkeit in Person, Sohn des Shehu!«

Wir ließen uns nieder und erinnerten uns lachend an unsere Erlebnisse. Ich erzählte ihm die Geschichte von seiner Frau, die mich auf dem Markt in einen Streit verwickelt hatte. Ich fragte ihn nach ihr und er sagte, sie seien schon lange getrennt. Er meinte, er habe bis zum Sonnenuntergang nicht aufgehört, die Fliegen von der Kacke zu verscheuchen, bis ein paar Händler vorbeikamen und er mit ihnen weiterzog. Immer, wenn er aufstehen wollte, habe er gedacht, dass ich da wäre und ihn beobachtete, erklärte er. Deshalb sei er nicht so bald aufgestanden.

Er erzählte mir, dass er, Malam Zurke, nie so eine streitlustige Frau erlebt habe wie diese. Eines Tages habe sie einen Streit mit einem riesigen Typen angezettelt, bis dieser sie ohrfeigte. Sobald sie die Ohrfeige bekommen hatte, beeilte sie sich, es Zurke zu sagen. Gleich darauf brachen sie auf und rannten zum Zuhause des riesigen Mannes. Als sie ankamen und nach ihm schauten, sah er, dass dieser in jeder Hinsicht riesig war. Da sagte er:»Hast du meine Frau geohrfeigt?«

Der große Mann antwortete wütend:»Ja, das war ich. Wirst du dich jetzt für deine Frau rächen?«

Zurke vernahm es und sagte zu dem riesigen Mann:»Ohrfeig' sie noch mal, damit ich es sehe!« Der große Mann schaute sie an und gab ihr eine Ohrfeige.

Als Malam Zurke sah, dass ihre Augen feucht wurden, sagte er abermals zu dem riesigen Kerl:»Nein, bist du sicher, dass du es warst? Ohrfeig' sie noch mal, damit ich es sehen kann.«

Der riesige Mann blickte wieder die Frau an und gab ihr Ohrfeigen, bis sie mit blutendem Mund hinfiel.

Als er das sah, sagte er zu seiner Frau:»Steh auf, lass uns gehen. Gott wird sich für uns rächen!«

Auf dem Nachhauseweg weinte die Frau. Da sagte er zu ihr: »Hör auf zu weinen. Während es für dich so aussah, als hätte ich nichts unternommen, habe ich ihm unter meinem Gewand beleidigende Gesten gezeigt.«

Als sie dies hörte, machte sie ein missbilligendes Geräusch mit dem Mund. Sie verbreitete die Geschichte derart in der Stadt, dass die Kinder heute noch über ihn reden. Deswegen hatte er sich von ihr scheiden lassen. Er erklärte mir, dass er froh sei, von ihr geschieden zu sein, weil er sonst eines Tages wegen ihrer Streitsucht zu Tode gekommen wäre.

Er erzählte mir noch eine lustige Geschichte. Er sagte, einmal sei ein Dieb nachts in sein Zimmer eingestiegen in dem Glauben, dass er schliefe. Als er drinnen war, ging er zum Bett, auf dem Zurke lag, um das Gewand zu stehlen, das er trug. Draußen leuchtete der Vollmond.

Sobald der Dieb die Hand auf seinen Körper legte, öffneteZurke die Augen. Nun sah der Räuber, dass er wach war, und sagte zu ihm:»Ich bin gekommen, um dir zu sagen, dass du morgen auf den Bauernhof des Bauernvorsitzenden eingeladen bist.« Vor Lachen kam er gar nicht dazu, den Dieb zu verfolgen.

Mensch, wir haben einiges erlebt!

Wie man weiß, kann Böses nicht lange gedeihen. So ging unser Geld ganz und gar zu Ende. Wir brachen auf und machten uns auf den Weg in die Stadt Nasarawa. Dort ging ich mit Malam Zurke auseinander. Er sagte, er würde weiterreisen, bis wir wieder aufeinandertreffen sollten, sofern wir am Leben wären.

Ich begab mich zum Hause des Emirs und ließ mich nieder. Dann suchte ich eine Moschee und fand auch eine. Ich tat nichts weiter, als meine Gebetskette zu benutzen, und die ganze Stadt brachte mir verschiedene Speisen als gute Gaben. Nachdem ich zwei Bissen probiert hatte, weigerte ich mich, noch mehr zu essen.

Ich hatte einen riesigen Sack Proviant, voll mit süßem Getreide-Konfekt und Pita Brot, von dem ich immerzu aß. Das Essen, welches mir die Stadt zukommen ließ, aß ich nicht, weil ich als Heiliger gesehen und verehrt werden wollte.

Nach einigen Tagen fingen sie an, dies zu glauben. Jeder brachte sein Essen und sagte, ich solle einen Bissen nehmen, damit er durch mich gesegnet werde. So wurde ich während meines Aufenthalts in dieser Stadt vollkommen geachtet. Bei religiösen Aktivitäten, zum Beispiel beim Beten, wurde gesagt, ich solle der Imam sein.

Wie du weißt, bin ich eigentlich die ungebildetste Person, die man sich vorstellen kann. Obwohl sie versuchten, mich mit Händen und Füßen zu überreden, lehnte ich aus diesem Grund ab. Jeder Gelehrte, den sie einstellten, trat wieder zurück, aus Angst, Fehler zu machen, die ich als heilige Person sofort erkennen würde. Da war ich mal wieder gerade so davongekommen!

Eines Tages starb die Tochter des Emirs in einem kleinen Dorf. Ich bekam Bescheid, dass wir uns auf die Reise zum Ort der Beerdigung vorbereiten sollten.

»Gut. Wo ist der Weg in die Stadt?«, fragte ich.

Sie zeigten ihn mir und sagten: »Am frühen Nachmittag wird ihr Leichnam vorbereitet.« Deshalb wurde ein Pferd für mich gesattelt, sodass wir schnell wären, da die Stadt etwas weiter entfernt lag.

Da sagte ich zum Emir und den Gelehrten und allen, die mit ihnen reisen wollten, dass sie schon einmal vorausgehen sollten.

Ich würde das frühe Nachmittagsgebet hier zu Hause abhalten und sie dann dort treffen.

Der Emir sagte: Gut, man solle mir ein ausgezeichnetes Pferd dalassen.

Ich erwiderte:»Ich werde auf nichts aufsteigen!«

Die Leute meinten:»Ach, … er wird einen Weg finden, denn er ist ein Heiliger.«

Als sie am frühen Morgen losgezogen waren, schlich ich mich hinaus und verließ die Stadt. Ich nahm den Weg durch den Wald und rannte die ganze Zeit sehr schnell, mir lief der Schweiß herunter, als ginge es um mein Leben. Fast in der Stadt angekommen, sah ich die anderen.

Aus dem Gebüsch hörte ich, wie sie sagten:»Er ist bis jetzt noch nicht aufgebrochen.«

Der Wesir erwiderte:»Noch nicht. Diese Leute fliegen wie die Vögel!«

Dann überholte ich sie und lief bis zu einem See. Ich hielt an, wusch mich und ruhte mich aus. Später erreichte ich die Stadt und fragte nach dem Haus. Man zeigte es mir. Ich ging in die Moschee neben dem Haus, setzte mich und betete mit meiner Gebetskette.

Nach kurzer Zeit trafen die anderen ein. Als ich sie ankommen hörte, verließ ich die Moschee mit der Gebetskette in der Hand und sagte:»Seid willkommen!«

Der Wesir und seine Leute waren sprachlos. Alle warfen sich vor mir nieder.

»Oh! Das darf doch nicht wahr sein!«, rief ich. »Das kann man nur für Gott tun.«

Nachdem wir beendet hatten, wofür wir gekommen waren, machten sie sich wieder auf. Ich ging erneut hinter ihnen in den Wald hinein und war vor ihnen zu Hause. So war mein Leben in Nasarawa.

Siebtes Kapitel

Alhaji und Zurƙe vergeben einander

Alhaji tötet seinen Bruder

Als ich merkte, dass der Emir sich beruhigt hatte, bat ich ihn, für mich alle alten Männer und Frauen des Landes zusammenzurufen. Ich wollte sie fragen, ob einer von ihnen schon einmal die Geschichte des Heilwassers gehört habe.

Der Emir sagte:»In Ordnung.«

Sofort ließ er die Leute versammeln und ich befragte sie. Zuerst schwiegen sie. Dann sagte ein Alter, der in einem Korb gebracht wurde und sich mit seinem Hinterteil im Korb auf dem Boden vorwärts zog:»Ich habe schon einmal davon gehört. Als ich noch ein Junge war, erzählte mein Großvater, dass es wohl in einem Land namens Rami oder Rama – den Namen habe ich vergessen – zu finden sei. Scheinbar gibt es dort einen Brunnen auf einem Berg – wie heißt der noch mal? Angeblich ist in diesem Brunnen das Heilwasser. Aber, mein Herr, wenn man die Geschichte genau erfahren will, sowie die Namen der Städte und des Landes, dann sollte man nach Baitul Mukaddas gehen. Dort lebt mein älterer Bruder, uns wurde die Geschichte gemeinsam erzählt. Da er schon älter war als ich, hat er vielleicht die Namen des Landes und der Städte behalten.«

Ich brach auf und reiste weiter, bis ich in ein Dorf namens Sarai kam. Alle dortigen Bewohner hatten das Gewerbe, Papageien zu fangen und zu halten. Wenn sie welche gefangen hatten, brachten sie ihnen das Sprechen bei und zogen mit ihnen von Stadt zu Stadt, um sie zu verkaufen. Nun, ich schaffte es auch, einen Papagei zu fangen. Ich brachte ihm bei, auf jede Frage, die man ihm stellte, mit diesem Satz zu antworten:»Komm schon, mein Herr, du siehst mich an und sagst, ich sei keine hundert Pfund wert?«

Nachdem ich ihn mit Fragen getestet hatte, wusste ich, dass er sie alle schön so beantwortete, wie ich es wollte. So nahm ich ihn mit auf den Markt in einer der nächsten Städte und spazierte mit meinem Papagei im Käfig herum.

Nach einiger Zeit erreichte ich ein Dorf namens Yalwa und blieb dort. Es war der Vortag des Eid-Festes[13]. In der Nacht, während ich schlief, kamen ein paar Räuber und nahmen mir alles weg.

Als ich das bemerkte, sagte ich mir:»O mein Gott! Stehlen im Diebeshaus wird sich rächen!«

Noch in der Nacht kaufte ich mir ein großes Schwert und ging in die Stadt, um zu stehlen. Da kam ich an ein großes Zaure und sah dort einige junge Männer, die sich Licht gemacht hatten und Geld für den morgigen Feiertag abzählten. Sie hatten die Haustür abgeschlossen. Als ich das bemerkte, klopfte ich an die Tür und einer von ihnen fragte:»Wer ist da?«

Ich sagte:»Ein Dieb.«

Sie fragten:»Dieb?«

Ich erwiderte:»Ja.«

Da sagten sie:»Warum bist du gekommen?«

Ich sprach:»Ich bin gekommen, um euch zu bestehlen.«

Da meinte einer von ihnen:»Gut, komm und stiehl!«

Ich antwortete:»Macht die Tür zum Zaure auf, dann werdet ihr sehen, dass ich stehle.«

Da stand ihr Anführer wütend auf, um das Zaure zu öffnen. Ich sah, wie er aufmachte, und stürmte hinein, löschte das Licht und erzeugte ein lautes Geräusch mit meinem Schwert an der Wand. Ich ging zur anderen Seite, ließ mich mit einem Plumps fallen und sagte:»O Gott, er hat mich getötet!«

Als sie dies vernahmen, glaubten sie, es wäre einer von ihnen, den ich erstochen hatte. Da sah ich, dass alle schnell ins Haus hineinrannten. Ich stand auf, nahm all ihre Sachen und verließ die Stadt. Darauf ging ich in ein Dorf, wo ich alles verkaufte und mir dann Dinge für den Feiertag besorgte.

Als alle vom Eid-Fest kamen, ging ich nach draußen und lief herum in der Hoffnung, auf jemanden zu treffen, den ich kannte. Ich streifte gerade so umher, da hörte ich wie aus heiterem Himmel:»Die Tapferkeit in Person, Sohn des Shehu!«

Ich drehte mich um und sah, dass es tatsächlich Malam Zur̃e bin Muhamman war. Wir schlugen ein, er brachte mich zu seiner Bleibe und wir verbrachten die Nacht damit, uns zu unterhalten.

Dieses Wiedersehen erschreckte uns: Immer, wenn wir auseinandergingen, trafen wir uns schließlich doch wieder.

Zurke begleitete mich noch ein Stück, bevor ich ging. Er sagte: »Es ist höchste Zeit, dass wir einander die Taten vergeben, die wir uns gegenseitig angetan haben.«

Wir vergaben einander. Trotz allem vertraute ich ihm noch nicht, da ich weiß wozu Menschen fähig sind. Deshalb lieh ich mir am Morgen den Koran aus. Wir wuschen uns und dann schwor jeder von uns, dass er den anderen nicht hintergehen würde, solange er lebte.

Später sagte ich, ich wolle in Kudus Stadt vorbeischauen und sei in Eile. Er antwortete: »Gut, lass uns gehen, was hält mich hier?«

Wir reisten bis zu einer Stadt namens Kato. Ich nahm meinen Papagei und ging mit ihm auf den Markt. Malam Zurke fragte, warum ich mich mit diesem Vogel abmühe. Ich sagte, er solle mir nur zuschauen.

Ein weißer Mann sah mich und fragte: »Ist der Papagei zu verkaufen?«

Ich sagte: »Ja.«

Er fragte: »Für wie viel willst du ihn mir verkaufen?«

»Hundert Pfund«, erwiderte ich.

Da hörte ich den weißen Mann irgendetwas reden – wer weiß, was es hieß. Ich hörte wohl, wie er sagte: »*Go away, you poor fool.*«

Ich machte den Mund auf und sagte: »Beleidige mich nicht, weil du weißt, dass ich kein Englisch kann. Wenn du nicht glaubst, was ich sage, frag doch mal den Vogel und hör, was er zu sagen hat.«

Da sah ich, wie er den Papagei anschaute und fragte: »Also, stimmt das, Papagei?«

Der Papagei antwortete: »Komm schon, mein Herr, du siehst mich an und sagst, ich sei keine hundert Pfund wert?« Zurke und der weiße Mann brachen in Gelächter aus. Er holte die ganzen hundert Pfund für mich heraus.

Wir schliefen nicht in dieser Stadt, sondern reisten über Nacht bis nach Baitul Mukaddas.

In dieser gesegneten Stadt sagte Malam Zurke, wir sollten nun für unsere sündhaften Taten büßen. Ich stimmte seinem Vorschlag zu. Wir holten die Gelehrten und sie beteten für uns, damit der Teufel nicht wieder unsere Herzen beeinflussen würde.

Nachdem ich mich einen Monat lang ausgeruht hatte, bat ich den Emir, für mich die Alten der Stadt zusammenrufen zu lassen. Ich wollte sie fragen, ob jemand wusste, wo das Heilwasser war. Der Emir sagte:»In Ordnung.«

Die Alten versammelten sich in großer Anzahl an seinem Eingangstor und ich stellte meine Frage. Erst waren alle still. Dann sagte ein Alter, er wisse es. Ich fragte ihn nach seiner Heimatstadt und er antwortete, er sei in Nasarawa geboren. Das heißt, er war in der Tat der große Bruder des Mannes, der mir von ihm erzählt hatte.

Ich berichtete ihm alles, was sein jüngerer Bruder mir gesagt hatte, und er bestätigte, dass sie Halbbrüder waren.

Danach wurde dieser Alte aufgerufen, vorzutreten und die Geschichte zu erzählen. Er sprach:»Das Heilwasser ist im Land Irami. Das Land Irami ist ein Land der Dschinns. Das Heilwasser ist nicht so einfach in dem Land zu finden, es befindet sich auf einem großen Berg, der Kaf Berg genannt wird. Niemand kann dorthin gelangen, außer den Dschinns, genau genommen nur die Dschinns mit Flügeln. Aber ich habe gerade den Namen des Brunnens vergessen. Wenn ein Dschinn es schafft, den Berg zu erreichen, ist es immer noch sehr schwer, das Wasser zu bekommen. Es gibt dort einige dienende Wesen, die den Brunnen bewachen. Man muss außerdem mehrere geheime Worte sagen, bevor man Zugang zum Heilwasser erhält. Dazu gibt es Regeln, die man befolgen muss, um hineinzukommen. Und wenn jemand auch nur einen Fehler dabei macht, wird er für immer verschwinden. Schon unser Großvater hatte einige der Regeln vergessen. Das war es, was ich von der Geschichte des Heilwassers weiß, mein Herr.«

Am Morgen nahm ich ein Boot in das Land Irami. Auf der Überfahrt stieß unser Boot auf etwas und zerbrach. Alle anderen

Menschen aus dem Boot ertranken, nur ich erreichte gerade so mit Mühe und Not das Ufer.

Als ich mich gesammelt hatte, sah ich, dass ich mich allein auf einer Insel befand. Es gab auf diesem Boden nichts, das ein Mensch essen oder kauen kann, nicht einmal Gras. Die Insel lag mitten im Meer, umgeben von Wasser. Kein anderes Eiland war in Sichtweite, keine Hoffnung in Sicht. Hierher verirrten sich keine Dschinns, geschweige denn Vögel!

Ich grub mich in den Sand ein. Ich versuchte zu sterben, doch es war nicht möglich. Ich suchte etwas, womit ich mir das Leben nehmen könnte, vergebens. Ich saß nun hier in diesem Loch und wartete auf den Tod.

Da sah ich zwei Dschinns, die einen Menschen trugen. Sie setzten ihn nicht weit von mir ab und gruben eine Vertiefung in den Sand, so groß wie ein Zimmer. Dann hörte ich den Anführer sagen:»*Bi hurmati Sulaimanu Ibnu Dawuda, iftah!*«

Jetzt sah ich, wie der Boden sich öffnete und sie mit dem Menschen hineingingen. Ich blieb flach liegen und war auf der Hut. Meinen ganzen Körper bedeckte ich mit Sand, als schaufelte ich mein eigenes Grab. So konnten sie mich nicht sehen.

Später hörte ich sie herauskommen. Sie sagten:»*Bi hurmati Sulaimanu Ibnu Dawuda, iglik!*« Der Boden schloss sich. Sie schütteten Sand darauf, als ob dort nichts gewesen wäre.

Sobald sie fort waren, stand ich auf und ging zu dem Platz, wischte den Sand weg und sprach:»*Bi hurmati Sulaimanu Ibnu Dawuda, iftah!*« Da ging die Tür auf und ich zwängte mich hinein.

Der Mann, den sie dort eingeschlossen hatten, erblickte mich, stand auf und fiel dann vor mir auf die Knie. Er sagte:»Bitte, rette mich!«

Ich fragte ihn nach seinem Namen und wo er herkomme. Er erzählte mir alles. Da vernahm ich, dass er mein Stiefbruder Saķimu war, der meinen Vater getötet hatte und auch unsere Mütter hatte umbringen lassen, aufgrund des Traums vom Dattelkern.

Als ich dies erkannte, kam mir die Traumdeutung der Malams in den Sinn. Ich schaute hoch und sah dort ein Schwert in einer goldenen Scheide liegen. Ich nahm es und zog es heraus. Da sah ich, dass die Schahada[14] auf der Seite des Schwerts geschrieben stand. Ich sah den Mann an und sagte ihm, wer ich war. Dann fragte ich ihn, ob er sich an die Deutung des Traums erinnere, die man ihm gegeben hatte. Ich erzählte ihm auch die Umstände meiner Geburt und wie ich aufgewachsen war. Als er dies hörte, griff er mich an. Ich nahm das Schwert und enthauptete ihn. Ich sagte: »Bevor ich getötet werde, habe ich meinen Vater gerächt!«

Folgendes war der Grund, warum er eigentlich hierhergebracht worden war: Eines Abends aß er von der Doumpalme und warf den harten Kern der Frucht, die er gegessen hatte, weg. Er wusste nicht, dass die Kinder des Oberhaupts der Dschinns genau an diesem Ort spielten. Schicksalhafterweise traf der Doumkern einen der Dschinnprinzen auf die Fontanelle. Der fiel tot um. Daraufhin brachte man Saƙimu sofort hierher, um ihn zu vernichten.

Achtes Kapitel

Alhajis Wunsch erfüllt sich: Seine Heimkehr

Nachdem ich ihn geköpft hatte, nahm ich ein Tuch und säuberte das Schwert. Als ich über das Schwert wischte, erschien ein Dschinn und sprach:»Nenne deinen Wunsch, mein Herr!«

Bei seinem Anblick ließ ich vor Schreck das Schwert fallen und hielt mir die Augen zu. Ich wollte ihm fast sagen, er solle mich töten, um mir Leid zu ersparen. Da sagte mir eine innere Stimme: »Wage es nicht, der Freitod ist eine schlimme Sünde.«

So fragte ich:»Wer bist du?«

Er sagte:»Ich bin der Diener des Schwerts. Yafisu, der Sohn Noahs, hielt mich in diesem Schwert, damit ich dem Schwert treu diene, denn mit ihm hat er zu Lebzeiten Krieg geführt bis zu seinem Tod.«

Ich war sehr erfreut, dies zu hören, und ich sagte:»Gut, wenn das so ist, bring mich zum Heilwasser.«

Als er meine Worte vernahm, rief er:»Ich besitze nicht die Kräfte! Aber ich kann dich zu unserem Alten bringen, wenn er einverstanden ist. Er allein hat die Macht in diesem Land. Als die Welt erschaffen wurde, wurde auch das Heilwasser geschaffen, für alle Dschinns. Seit dieser Zeit schützen ihre Nachkommen es bis heute.«

Als ich dies erfuhr, sagte ich ihm: Nun gut, er solle mich hinbringen.

Bevor ich mich versah, erreichten wir eine riesige Höhle nahe der großen Stadt Iram. Er meinte:»Hier in der Höhle ist er!«

Wir gingen hinein und trafen ihn. Er war ein alter, furchterregender Dschinn. Ich fiel zur Begrüßung vor ihm nieder. Von Anfang bis Ende erzählte ich ihm, was mich hierhergeführt hatte. Ich verheimlichte ihm nichts, nicht einmal die Geschichte meines älteren Bruders Saƙimu.

Er war erstaunt und sprach: »Wahrlich, du hast gezeigt, dass du ein treuer Sohn bist, da du dein Leben für deinen Stiefvater, den Imam, aufs Spiel gesetzt hast.« Weiterhin sagte er zu mir: »Aber zuerst lass mich dich erfreuen. Der Bruder des Imam, den du in der Höhle getroffen hast und der betet, ist mein Freund.

Wir wurden Freunde, als meine Mutter eines Tages mit mir auf ihrem Rücken bis ins Land Sudan reiste. Ich war ein kleines Kind und ich weinte vor Durst. Da traf meine Mutter die Mutter deines Vaters, des Imam, beim Wasserholen – wie du weißt, war sie auch die Mutter des Alten, den du beim Felsen gesehen hast. Da deren Mutter hörte, dass ich weinte, sagte sie zu meiner Mutter: ›Warte doch und lass den Jungen ein wenig Wasser trinken.‹ Sie blieb stehen, ihre Mutter nahm mich und gab mir Wasser zu trinken.

Als meine Mutter aufbrechen wollte, brachte die Mutter des Imam nahrhafte Blätter, Kolanüsse und etwas Wasser und überreichte ihr den Proviant. Sie schenkte mir zwei Penny. Ich hielt einen Penny in jeder Hand und spielte damit. Sie dachte, dass meine Mutter ein Mensch wäre. Dass sie ein Dschinn war, wusste sie nicht.

Als meine Mutter gehen wollte, fragte sie die andere Frau nach ihrem Zuhause, und diese zeigte es ihr. Nach drei Tagen ging meine Mutter nachts zu ihr und erklärte ihr, wer sie war. So wurden sie Freundinnen. Die Mutter des Imam stillte den Alten, den du in der Berghöhle gesehen hast.

Unsere Eltern ließen uns als Freunde aufwachsen und bis jetzt sind wir in Kontakt. Jeden Freitagabend gehe ich zu ihm und wir verbringen die Nacht mit Gesprächen. Heute sind wir beide achtzig Jahre alt und wir beten in der Höhle.

Dein Bruder, den du auf der Insel getötet hast, hat meinen Sohn umgebracht. Ich bin das Oberhaupt der Dschinns der Erde. Die, die ihn dorthin gebracht haben und die du gesehen hast, waren meine Kinder. Das gesamte Land, das du betreten hast, ist meins. Das Schwert in deiner Hand stammt aus den Lebzeiten von Yafisu, dem Sohn Noahs, und ist nun meines. Nur wenn du es bei dir hast, kannst du das Heilwasser erlangen. Es gibt nämlich zwei Gründe, warum es meine Pflicht ist, dir zu helfen. Erstens hast du denjenigen getötet, der meinen Sohn umgebracht hat, und zweitens setzt du dein Leben für meinen kleinen Bruder, den Imam, aufs Spiel. Du weißt, der Bruder deines Freundes ist auch dein Bruder.«

Als ich dies hörte, fiel ich in Dankbarkeit vor ihm nieder.

Er sagte, man könne nicht abends in die Stadt gelangen, ich solle bis zum Morgen warten. So verbrachte ich die Nacht dort zusammen mit seinen Kindern.

Am Morgen rief er mich zu sich und erklärte mir:»Also, behalte gut, was ich dir jetzt sage. Wenn nicht, ist das dein Untergang.«

Ich sagte:»Gut, möge Gott uns beistehen.«

Er sprach:»Guck dir den hohen Berg in der Mitte der Stadt dort an. Die Stadt ist die Hauptstadt aller Dschinns der Erde, sie heißt Iram. Der Berg, der bis in die Wolken ragt, trägt den Namen Kaf Berg. Wenn du ankommst, wirst du sehen, dass auf dem Stadttor geschrieben steht LA TAS'AL (das heißt ‚Frage nicht‘). Egal, was du erblicken wirst, kümmere dich nicht darum. Geh einfach mit offenem Schwert hoch auf den Berg. Sobald du die Stadt betrittst, musst du die ganze Zeit dieses Lied singen: ‚*Wa yaf'alu fi hukmihi ma yasha'u. Ta'alal ilahu wa jallal hikam*‘, bis du das Wasser geschöpft hast und wieder herauskommst.

Du solltest dir dies wirklich einprägen, weil du Dinge sehen wirst, die du nicht gewohnt bist. Du wirst eine Kuh sehen, die eine Fulani-Frau melkt. Du wirst ein Pferd auf einem Menschen reiten sehen und Hunde, die sprechen und fluchen. Du wirst ein

Küken sehen, das sich einen Falken schnappt, Ziegen, die Hyänen jagen, und Männer, die Kinder gebären.

Du wirst Hühner sehen, die Felder bestellen, und Hähne, die bepflanzen, und noch mehr solche wunderlichen Dinge. Wenn du stehen bleibst und staunst, ist es vorbei. Du weißt, der Herr macht, was immer er will. Er kann Dinge tun, die noch weitaus erstaunlicher sind, wenn er möchte.

Sage das Lied auf. Es wird die Dschinns wissen lassen, dass du ein Gläubiger bist. Deshalb werden sie dir nichts anhaben. Aber greife nichts mit deinem Schwert an. Selbst wenn sie auf dich zukommen, um dir zu schaden, wird dir nichts zustoßen. Wenn du hineinkommst, wirst du zwölf Zimmer hintereinander vorfinden. Zähle bis zum fünften Zimmer auf der rechten Seite und gehe in das sechste. Darin befindet sich der Brunnen. Er wird Sinaini-Brunnen genannt. Du wirst sehen, dass er mit einem Diamantendeckel verschlossen ist. Er wird sich nicht öffnen lassen, bis jemand sagt: ,Öffne dich mit Prophet Sulaimanu bin Dawudas Gnade. Sulaimana, Sulaimana, Sulaimana. Öffne dich, da es keinen anderen Propheten nach ihm gibt. Öffne dich durch die Überlegenheit des Propheten Mohammed über alle anderen Menschen.'

Wenn er sich geöffnet hat, nimm den goldenen Eimer hier neben dir, lass ihn hinein und schöpfe das Wasser, während du ständig das Lied singst, das ich dir aufgesagt habe. Hier ist eine Parfümflasche, fülle sie voll. Schöpfst du aber zu viel, wirst du vernichtet. Wenn du die Flasche vollmachst und sie in den Sudan bringst, wird es dort nie wieder Krankheiten geben. Diese kleine Parfümflasche genügt.

Fürchte dich nicht und weiche nicht von den Dingen ab, die ich dir erklärt habe. Gut, mögest du wohlbehalten zurückkehren!«

Ich nahm die Flasche und wanderte mit klopfendem Herzen auf die Stadt zu.

Alles, was er erzählt hatte, fand ich genauso vor. Ich hielt mich an alles, was er mir gesagt hatte, bis ich den Berg erreichte. Nur bei den Zimmern, von denen ich fünf auf der rechten Seite abzählen und ins sechste hineingehen sollte, kam ich durcheinander. Ich zählte vier auf der linken Seite und ging ins fünfte. Sobald ich eintrat, hörte ich eine Stimme sagen:»Heeeh, er hat versagt, schlagt ihn!« Sie schlugen mich, warfen mich mitsamt meinem Schwert hinaus und trieben mich in die Stadt zurück. Mit gebrochenem Bein schleifte ich mich vorwärts und rieb mein Schwert. Der Dschinn des Schwerts erschien. Ich bat ihn, er solle mich zur Höhle des Oberhaupts der Dschinns bringen. Sofort trug er mich zu ihm. Als der mich so sah, blutüberströmt und überall verletzt, sagte er:»Folge den Regeln. Ich habe dir gesagt, pass auf! Ich habe dir gesagt, pass auf! Und nun siehst du es. Du hattest wirklich Glück, dass sie dich nicht getötet haben.«

Ich erzählte ihm, wo ich den Fehler gemacht hatte.

Er sagte:»Bleib hier, bis du geheilt bist, und kehre dann zurück.«

Sie kümmerten sich um mich, bis es mir besser ging.

Nach zwanzig Tagen gab er mir noch mal Anweisungen und ich kehrte zurück. Dieses Mal erlaubte ich mir keinen Fehltritt, sodass ich das Heilwasser schöpfen konnte. Die Dschinns erschienen in ihrer wahren Form, um mir Angst einzujagen, aber ich kümmerte mich nicht darum. Beim Schöpfen hörte ich, wie für mich feierlich getrommelt wurde. Ah, wie schön die Trommeln der Dschinns klingen!

Ich ging und brachte das Heilwasser zum Oberhaupt der Dschinns. Er war sehr zufrieden mit mir.

Nachdem ich mich sieben Tage lang ausgeruht hatte, sprach er:»Gut, nun bereite deine Heimreise vor.« Und er sagte:»Weil das Heilwasser zu schwer ist, das du mit dir führst, gibt es auf dieser Welt keinen Dschinn, der dich tragen könnte – außer mir. Sonst hätte ich einen Dschinn angewiesen, dich vor dem Morgengrauen bis in dein Zimmer zu bringen. Obwohl ich schon alt bin, werde ich selbst versuchen, dich aus den Dschinnländern fortzubringen.«

Er hob mich hoch und brachte mich in eine große Stadt von Menschen, über die man sagte, dass sie die ganze Welt besitzen werden. Es waren die Weißen.

Als wir auseinandergehen wollten, gab er mir einen goldenen Ring. Er sagte, auch dieser habe einen Diener, so wie das Schwert. Wenn ich das Gefühl hätte, in Schwierigkeiten zu stecken, solle ich den Ring reiben, bis der Diener erscheine, denn das Schwert könne ich nicht behalten. Er sagte jedoch: Solange ich das Heilwasser bei mir trage, besitze der Dschinn nicht die Kraft, zu erscheinen, selbst wenn ich den Ring reibe – bis zu dem Tag, an dem ich das Heilwasser weggäbe.

Ich nahm den Ring und steckte ihn mir an. Die Flasche nähte ich in die Tasche meines Gewands ein, da ich Angst hatte, sie könnte verloren gehen. Er sagte, wenn ich den Wunsch hätte, ihn zu sehen, solle ich freitags zu meinem Onkel, dem älteren Bruder des Imam, kommen. Jeden Freitagabend besuche er ihn und sie verbrächten die Nacht mit Gesprächen.

Ich fiel in Dankbarkeit vor ihm nieder. Aus Freude weinte ich sogar, ging auf ihn zu und bat ihn um Vergebung, dass ich ihm Umstände bereitet hatte.

Als er verschwunden war, ging ich zum Meer. Ich fragte einen weißen Mann, der die Kontrolle über die Boote besaß, ob er mich in ein Boot in den Sudan setzen könne. Er antwortete, er möge mich nicht, weil ich schmutzig aussähe. Er dachte, dass meine Haut aufgrund von Schmutz schwarz war. Dass dies meine Gestalt war, wusste er nicht. Ich versuchte und versuchte es, sie lehnten mich ab. Am Ende vertrieben sie mich aus ihrer Nähe, da ich anscheinend stank und damit ich sie nicht mit Läusen infizierte.

Am Morgen fand ich ein altes Kanu und reparierte es. Ich fuhr von der Küste hinaus aufs Mittelmeer, mit meinen Lebensmitteln und vielen Litern Wasser, denn das Meerwasser war salzig und zum Trinken ungeeignet. Ich steuerte in Richtung Sudan und sagte mir: »Wenn Gott will, dass ich das Heilwasser bis in den Sudan bringe, oder wenn er es nicht will – sein Wille geschehe.«

Ich ruderte also gegen den Wind, der mich hin- und herblies. Die Wellen ergriffen mich mitsamt dem Boot und warfen mich monatelang umher. Noch immer war kein Land in Sicht. Da hörte ich auf zu rudern und sagte: »Ich soll dorthin fahren, wohin das Schicksal mich führt.«

Die ganze Zeit schlief ich und kümmerte mich um nichts. Ich gab jede Hoffnung zu überleben auf. Es ging so weiter, bis ich aufhörte, die Tage zu zählen.

Eines Tages schlief ich gerade, als ich merkte, dass mein Boot stillstand. Ich öffnete die Augen und sah, dass ich mich in etwas befand, das wie ein Brunnen aussah. Ich lauschte und da hörte ich über mir Leute reden.

Ich hob den Kopf, blickte nach oben und sagte: »Hier sollte ich also heute landen, Gott sei Dank!«

Ich überlegte hin und her, was ich machen sollte. Da merkte ich, dass ein Eimer heruntergelassen wurde. Ich ergriff ihn und klammerte mich daran. Jemand wollte ihn nach oben ziehen, aber ich hielt ihn von unten fest und zog an ihm.

Ich hörte jemanden sagen: »Huch! Was hält denn da meinen Eimer fest?«

Darauf erwiderte ich: »Ich bin es, ich bin gestern Nacht hier hineingefallen.« Dass ich vom Mittelmeer kam, wollte ich nicht verraten. Ich befürchtete, sie könnten sonst Angst bekommen, mich herauszuholen.

Als ich dies gesagt hatte, hörte ich einen lauten Schrei. Sofort liefen ein paar Leute zusammen und warfen mir ein Seil zu. Ich kletterte daran hoch und kam durchnässt heraus.

Ich war sehr behaart, mein Haar hing mir bis auf die Schultern. Bei meinem Anblick wichen die Menschen ängstlich zurück. Sie gingen und benachrichtigten den Emir der Stadt. Er kam mit all seinen Leuten. Sie befragten mich und ich sagte zu ihnen: »Ich bin ein Mensch. Gebt mir erst mal etwas zu essen, danach kann ich euch gerne meine ganze Geschichte erzählen.«

Der Emir ließ mir Speisen bringen und ich aß. Da ich an See-krankheit litt, nahm ich sieben Tage lang Medizin. Dann ging es mir besser.

Ich brauchte Tage, bis ich wieder ganz bei Sinnen war, denn es schien, als wäre ich verrückt von allem, was ich gesehen hatte. So als käme ich aus dem Jenseits.

Nach einigen Tagen hatte ich meinen Verstand wiedererlangt und sah, dass die Leute der Stadt so waren wie ich. Ihre Ver-haltensweisen, ihre Sprache, ihre Kleidung, die Farbe ihrer Haut erinnerten mich an die Menschen aus dem Sudan.

Da ich das bemerkte, fragte ich den Emir: »Werter Emir, wo bin ich?«

Er sagte:»In der Stadt Kano!«

Ich fragte:»Welches Kano? Im Land Sudan?«

Er antwortete:»Ja.«

Ich fragte:»Wo liegt Kwantagora von hier aus?«

Er sagte:»Südwärts, die Reise dauert etwa fünfzehn Tage ohne Pause.«

Als ich dies hörte, stieß ich hervor:»O mein Gott!« Ich fragte:»Wie bin ich hierhergekommen?«

Der Emir ließ mich zu einem großen Haus bringen. Dort erklärten mir die Leute:»Aus diesem Brunnen hier bist du gekommen.«

Ich fragte:»Wie heißt er?«

Sie sagten:»Maiburgami.«

Danach sprach ich zum Emir:»Seht ihr, das Auge des Brunnens Maiburgami ist mit dem Mittelmeer verbunden. Ich komme vom Mittelmeer. Das Schicksal wollte, dass die Bewegung des Wassers mich zu diesem Brunnen bringt.«

Sie waren verblüfft. Ich erzählte ihnen die ganze Geschichte und der Emir freute sich sehr, dies alles zu hören.

Die Geschichte meiner Ankunft durch den Brunnen ist kein Geheimnis. Du kannst sogar heute noch danach fragen, wenn du nach Kano kommst und sie dir erzählen lassen. Alle Bewohner Kanos, die mindestens zwanzig Jahre alt sind, kennen die Geschichte. Wen auch immer du in Kano fragst, kannst du bitten, dir Maiburgami zu zeigen und dich zu dem Haus zu bringen, wo der Brunnen steht.

Aus Angst, dass jemand aus der Stadt beim Wasserholen hineinfällt und umkommt, ließ der Emir von Kano den Brunnen mit einem schweren Eisendeckel verschließen. Außerdem ließ er das Haus verriegeln, damit die Leute nicht mehr dorthin kommen.

Nun ist der Brunnen verschlossen und voller Wasser. Er ist seitdem nie ausgetrocknet.

Nachdem ich mich zehn Tage lang ausgeruht hatte, gab der Emir mir viele Geschenke. Er ließ mich auf einem Kamel bis zu meiner Haustür in Kwantagora bringen.

Seit meinem Aufbruch waren ganze fünfzehn Jahre vergangen. Der Imam kam an die Haustür und erkannte mich nicht wieder. Ich war als kleiner Junge von fünfzehn Jahren aufgebrochen und kam als erwachsener Mann von dreißig Jahren zurück. Mein dichter Bart bezeugte mein Alter.

Als ich ihm erklärt hatte, wer ich war, umarmte er mich und wir weinten vor Glück. Wir gingen gemeinsam ins Haus. Meine Mutter erkannte mich, sie hatte mich nicht vergessen und ich hatte auch sie nicht vergessen. Wir umarmten uns und fielen vor Glück in Ohnmacht. Wir wurden mit Wasser besprenkelt und kamen wieder zu uns. Die ganze Stadt beglückwünschte meine Eltern. Der Imam sagte dem Emir Bescheid, dass sein Sohn, der in die Welt hinausgezogen war, zurückgekehrt sei. Der Emir schickte mir Willkommensgrüße. Niemand wusste, warum ich von zu Hause losgezogen war oder was ich mitgebracht hatte.

Sieben Tage lang ruhte ich mich aus. Dann ging ich zum Imam und meiner Mutter und erzählte ihnen die Geschichte meiner Reise von Anfang bis Ende. Ich befreite das Heilwasser aus meinem Gewand, um es ihnen zu zeigen. Da sah ich, dass fast alles ausgelaufen war, während mich das Mittelmeer umhergeworfen hatte. Nur ein winziges bisschen war übriggeblieben und ich zeigte ihnen den Rest.

Als der Imam das hörte, stand er sofort auf. Er ging hinaus und teilte es dem Emir des Sudan mit. Ich wurde gerufen, erzählte dem Emir die ganze Geschichte und zeigte ihm das Heilwasser. Er schloss mich in die Arme und veranlasste, dass von morgens bis nachmittags mir zu Ehren getrommelt wurde. Kurz gesagt: Die Feierlichkeiten, die ausgerichtet wurden, die Freude, die aufkam, und die guten Dinge, die ich vom Emir und seinen Leuten erhielt, sowie das Staunen über mich waren endlos.

Ich fragte den Emir, ob sein Sohn sich inzwischen erholt habe, da er bei meiner Abreise krank gewesen war. Damit meinte ich den Sohn des Emirs, über den der Imam gesagt hatte, man solle ihm das Heilwasser geben, sodass er geheilt würde.

Der Emir sagte: »Wir haben alles versucht, aber die Krankheit dauert an. Wir wünschen ihm schon lieber den Tod, damit er ruhen kann, denn Medikamente sind machtlos gegen die Krankheit, schon seit fünfzehn Jahren!«

Auf seine Worte erwiderte ich: »Nun, lasst uns sehen, ob das, was der Imam gesagt hat, wahr ist.« Ich nahm ein Hölzchen und tauchte es in die Flasche mit dem Heilwasser. Das Hölzchen ließ ich in eine Schüssel Wasser fallen, das sie dem Jungen zu trinken gaben.

Nach dem ersten Schluck stand er augenblicklich auf. Sofort war er geheilt, er war nur noch schwach. Der Emir aber geriet außer sich vor Freude.

Alle Leute waren sichtlich beeindruckt von der Wirksamkeit des Heilwassers.

Der Imam staunte über die Geschichten von seinem großen Bruder und dem Oberhaupt der Dschinns der Erde. Der Emir rief den Imam und bat ihn inständig um Verzeihung, denn er hatte die Behauptungen des Imam über das Heilwasser für falsch erklärt. Sie vergaben einander.

Meine Reise hat den Menschen im gesamten Sudan großen Nutzen gebracht, was sie jedoch nicht wissen. Bevor ich meine Reise antrat, waren die Arzneimittel des Landes Sudan wenig wirkungsvoll, denn die Bäume und Tiere des Landes genossen nicht den Segen eines einzigen Heilwassertropfens. Doch als das Wasser, das ich geschöpft hatte, im Mittelmeer auslief, vermischte es sich mit dem Meereswasser. Alle Regenwolken, die aus dem Mittelmeer entstanden, brachten das Wasser an Land. So nahmen die Tiere, das Gras und die Pflanzen das Heilwasser auf und die Medizin, die aus ihnen hervorging, war besonders wirksam. Nun wirkten also die Arzneimittel des Landes viel besser.

Nachdem ich mich etwa einen Monat lang ausgeruht hatte, traf ich Vorbereitungen und rieb meinen Ring. Als der Dschinn erschien, sagte ich ihm die Namen der Städte, in denen ich all meine

Sachen untergebracht hatte, und auch, wo ich meine Frau zurückgelassen hatte. Wir reisten dorthin und ich holte meine Dinge. Ich ließ nicht eine einzige meiner Habseligkeiten in einem anderen Land. Sie sind jetzt alle bei mir zu Hause.

Eines Tages, während ich meine Sachen zusammensammelte, sagte ich zum Dschinn, dass er mich in die Stadt bringen solle, in der ich meine Frau Rakiya zurückgelassen hatte. Ich wollte sie abholen. Er brachte mich hin und die Familie freute sich, mich zu sehen.

Wir unternahmen gemeinsam einen Ausflug. Als wir ein kleines Dorf erreichten, entdeckte ich Zurke auf dem Markt bei den Schlachtern. Er trommelte mit beiden Händen, als wäre er der junge Begleiter eines Lobsängers.

Ich sah ihn genauer an und sagte: »Zurke bin Muhamman!«

Er blickte mich an, sein ganzes Gesicht mit Holzkohle beschmiert, und sprach: »Die Tapferkeit in Person, Sohn des Shehu!« Er legte die Trommel weg und folgte mir wie alle anderen auch.

Wir erzählten uns, wie es uns seit unserer Trennung ergangen war, und wir sprachen über die Gründe, warum wir uns nicht so schnell wiedergesehen hatten. Ich gab Malam Zurke meinen ganzen Besitz aus der Stadt und er konnte darüber verfügen und in Hülle und Fülle leben. Mit meiner Frau kehrte ich nach Kwantagora zurück.

Wenn ich in meinem jetzigen Leben das Bedürfnis habe, Malam Zurke oder andere alte Bekannte zu sehen, oder wenn meine Frau das Bedürfnis hat, ihre Eltern zu besuchen, dann reibe ich den Ring. Der Dschinn erscheint und bringt uns überall hin, wo wir wollen. Mein Haus haben auch die Dschinns erbaut. Hätte ich gewollt, hätte ich ihnen sagen können, dass sie mir ein Eisenhaus errichten sollen. Doch ich befürchtete, eingebildet und überheblich zu werden.

Ich hatte ein erfülltes Leben! Ich sage jetzt wirklich: »Gott sei Dank. Gott sei Dank!« Dies ist das Ende. Glaube mir oder glaube mir nicht.«

Anmerkungen

1   Sudan bedeutet im Folgenden die Großlandschaft Sudan, die sich südlich der Sahara von Westafrika bis ins östliche Zentralafrika erstreckt. Die Landschaftsbezeichnung Bilad as-Sudan aus dem Arabischen heißt so viel wie ‚Länder der Schwarzen'.

2   Zaure: Empfangszimmer eines Hauses oder Gehöfts, in dem man mit Besuchern sitzen kann.

3   Malam: Titel für Gelehrte, Lehrer, Respektspersonen; entspricht ‚Herr'

4   Fußblock: Eine meist hölzerne Fessel für Gefangene, ursprünglich aus dem Mittelalter, bestehend aus länglichen Holzblöcken mit Löchern, die die Fußgelenke des Gefangenen umschließen.

5   Ganga, *Pl* Ganguna:

6   Kalangu, *Pl* Kalangai:

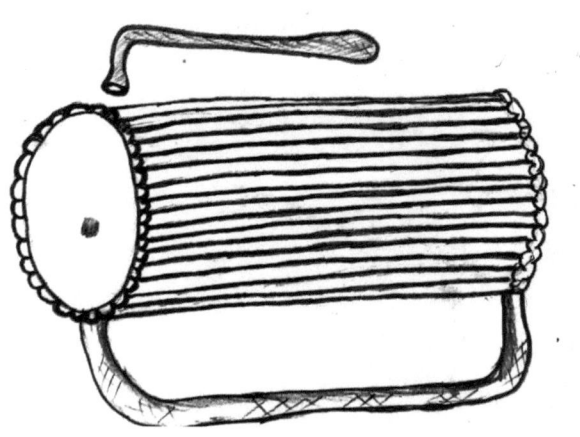

7   Kakaki:

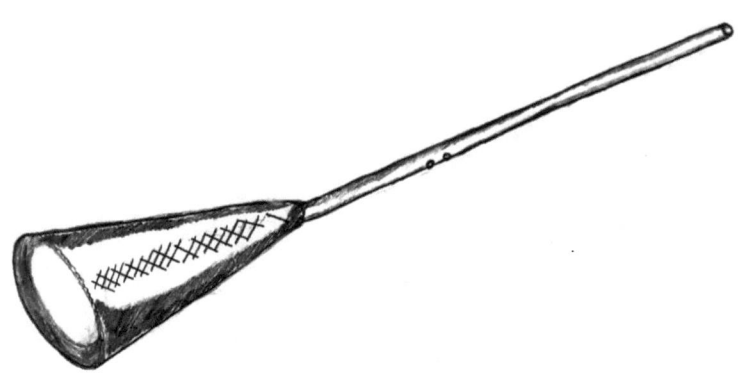

8   Farai:

9   Algaita, *Pl* Algaitu:

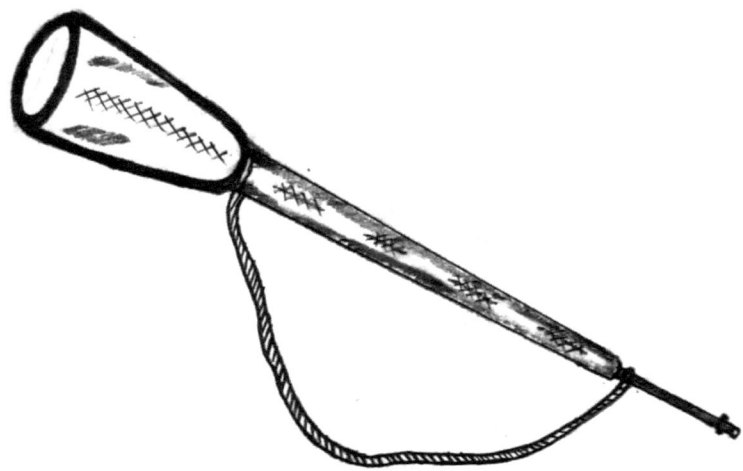

10 Goge:

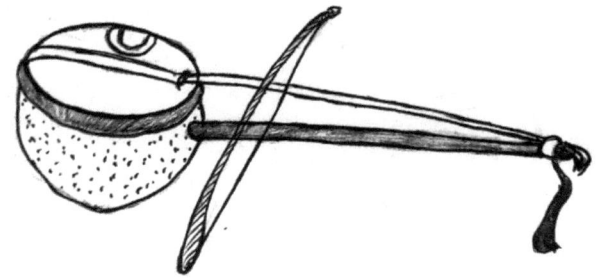

11 Sharo: Übergangsritus der Fulani, bei dem junge Männer sich gegenseitig mit Peitschen oder Stöcken schlagen. Die Prügel werden von den Männern ausgehalten, um ihre Tapferkeit unter Beweis zu stellen. Wer den Test besteht, ist berechtigt zu heiraten.

12 Fura (Da Nono): Hirsebällchen (in Joghurt)

13 Eid-Fest: Es handelt sich um Eid-al-Fitr, das islamische Fest des Fastenbrechens am Ende des Fastenmonats Ramadan.

14 Schahada: Glaubensbekenntnis des Islam

Mein besonderer Dank gilt der Familie des Autors, insbesondere Alhaji Sirajuddin Abubakar Imam, der mir im Namen der Familie und der Abubakar Imam Stiftung die Möglichkeit eröffnete, dieses bedeutende Werk der Hausa-Literatur ins Deutsche zu übertragen. Ich bin sehr dankbar.

Vielen Dank für die Unterstützung,
Mama, Umma Aliyu Musa, Hamani und Vera!